KB121294

이것이 법이다

이것이 법이다 61

2019년 4월 19일 초판 1쇄 인쇄
2019년 4월 24일 초판 1쇄 발행

지은이 자카예프
발행인 이종주

기획 팀 이기헌 왕소현 박경무 이승제
책임 편집 최전경

발행처 (주)로크미디어
출판등록 2003년 3월 24일
주소 서울시 마포구 성암로 330 DMC첨단산업센터 3층 318호, 319호
Tel (02)3273-5135 Fax (02)3273-5134
홈페이지 rokmedia.com E-mail rokmedia@empas.com

ⓒ 자카예프, 2015

값 8,000원

ISBN 979-11-354-2244-7 (61권)
ISBN 979-11-255-9575-5 04810 (세트)

이것이 법이다

61

자카예프 장편소설

로크미디어

CONTENTS

무능의 극치

"이건 아니에요! 이건 아니라구요!"

"응?"

노형진은 자신의 사건을 하러 법원으로 와 있었다.

그러던 중 안쪽에서 들려오는 소리에 본능적으로 고개를 돌렸다.

'뭐야?'

어떤 아줌마가 거의 실신할 정도로 울면서 쓰러져서 대성통곡을 하고 있었다.

어리둥절하여 그 모습을 지켜보고 있자니 한 남자가 법원 경비원들의 손에 이끌려서 나왔다.

"어?"

그런데 그 남자를 본 노형진은 약간 이해가 가지 않는다는 듯 고개를 갸웃했다.

남자의 표정이 이상했기 때문이다.

보아하니 실형이 나온 모양인데, 남자의 표정이 너무나도 맑았다.

'무슨 표정이 저래?'

실형이 나오면 대부분의 사람들은 절망적인 표정을 하거나 체념하거나 분노한다.

그런데 나오는 남자는 웃고 있었다.

"헤헤헤."

웃으면서 끌려 나가는 남자.

그런데 그 웃음이 또 묘했다.

체념한 웃음이 아니다. 아무것도 모르는, 그런 웃음이다.

"뭐지, 저 사람?"

수십 년을 변호사로 살아왔지만 실형을 선고받고도 저런 표정을 짓는 사람은 본 적이 없기 때문에 노형진은 고개를 갸웃했다.

생각보다 형이 적게 나와서 짓는 승자의 미소도 아니고, 말 그대로 '해맑은' 미소였다.

"저거 뭐지?"

"현주 건조물 방화 치사라는데?"

"현주 건조물 방화 치사?"

대답하는 사람을 돌아보니 손채림이었다.

같이 움직이기는 했지만 변론은 노형진이 하기 때문에 그녀는 바깥에 있었다. 그사이 뭔가 들은 게 있는 모양이었다.

"응. 불을 질러서 사람이 다섯 명이나 죽었나 봐."

"허, 어이가 없구먼."

현주 건조물 방화 치사는 말 그대로 사람이 주거하는 건물에 불을 질러서 사람을 죽인 범죄다.

"다섯 명이라……. 어마어마하게 나왔겠네."

"듣기로는 17년 형이 나왔다더라."

"그 정도 나오겠네."

사람이 무려 다섯 명이나 죽었다는 것은 심각한 문제다.

더군다나 불이 나는데 그냥 두고 보는 사람은 없을 테니 피난하거나 끄려고 했을 텐데, 그럼에도 불구하고 결국 죽었다는 건 단순 주택이 아니라는 거다.

"아무래도 빌라 같은 건가 본데."

"어떻게 알았어?"

"일반 주택은 피해자가 그렇게 많이 생기는 경우가 드물고, 아파트는 불을 그렇게 크게 만들기 쉽지 않거든. 거기에다 요즘 아파트는 방화 시설이 잘되어 있고."

즉, 방화 시설이 부족하고 사람들이 모여 있는 건물이라는 뜻이다.

"그러면 빌라지. 그것도 오래된 빌라."

"맞아. 그렇다고 하더라."

오래된 빌라는 방화 시설도 부족하고 구조적으로 화재에 취약한 부분이 있다.

입구는 하나뿐이고 몇 개씩 올라가 있는 구조로 되어 있어서 입구가 막혀 버리면 사람들이 나오는 게 쉽지 않기 때문이다.

"그러면 아무래도 사망자가 많이 나올 수밖에 없지."

그렇다면 사건이 이해가 간다.

"아무래도 불장난이라도 한 모양이지?"

"왜?"

"아니, 저 사람 표정을 보니까 정상은 아닌 것 같아서."

손채림은 고개를 끄덕거렸다.

"그런 것 같더라."

정상이 아닌 사람이 불장난을 하다가 불이 나서 사람들이 죽었다.

그렇게 보면 될 것 같다.

'거참, 안타깝네.'

문제는 그런 경우 일단 상대방이 정신적으로 문제가 있느냐 없느냐가 관건인데, 이번 사건에서 재판부는 충분히 정신적 능력이 된다고 본 모양이었다.

"안타깝네."

정신도 멀쩡하지 않은 사람이 실수로 졸지에 범죄자가 되어 버렸다.

거기에다 처벌받을 수 있을 정도라고 판단되었으니 당연히 감옥에 갈 테고.

'17년이라…….'

쉽지 않은 시간이 될 것이다.

범죄자들이 장애인이라고 봐줄 놈들이 아니니까.

'갑자기 옛날 영화가 생각나네. 아니, 아직 안 나왔으니 미래 영화인가?'

장애인이 누명을 쓰고 감옥에 가서 죽임을 당한 영화.

물론 가상의 내용을 다룬 영화였지만 천만이 넘는 관객을 동원하면서 흥행에 성공했다.

'그건 코미디 영화였지만.'

세상은 그런 자비로운 모습이 아니라는 것이 참으로 안타까운 일이었다.

"진짜 안타깝네."

이건 아니라면서 대성통곡을 하는 아줌마는 아마 그 장애인의 부모일 것이다.

얼마나 가슴이 미어지겠는가?

"하지만 우리가 어떻게 해 줄 수 있는 게 없네."

노형진은 착잡한 표정으로 나지막하게 중얼거리는 것 말고는 해 줄 수 있는 게 없었다.

"이 사건은……?"

노형진은 자신에게 배당된 사건을 보고 고개를 갸웃했다.

현재 3심 중.

기존 변호사가 변호사 비용을 받지 못한 걸 이유로 사퇴.

평등재단을 통해 들어온 사건.

흔한 사건이기는 하다.

"이거 지난번 그 사건 같아서 내가 가지고 온 거야. 그때 네가 해 줄 수 있는 게 없다면서?"

"그렇지. 내가 담당한 사건이 아니었으니까."

다른 변호사가 수임한 사건에 감 놔라 배 놔라 하는 것은 상당히 예의에 어긋나는 일이다.

설사 한다고 해도 그다지 효과도 없고.

그래서 모른 척한 것이었는데, 이 사건을 이렇게 다시 만나게 될 줄이야.

"이게 다시 나왔다고?"

"보다시피."

1심 재판에서 진 변호사는 2심을 신청했다. 그리고 거기서도 졌다.

그 결과 3심까지 간 건데, 문제는 부모들이 그 비용을 감당할 수가 없었다는 것.

그러자 변호사는 변론을 포기하고 사퇴해 버린 것이다.

"국선을 붙인다고 부랴부랴 알아보다가 평등재단을 알게 된 모양이야."

"그래서 그쪽에 의뢰한 거구나?"

"그래."

"3심까지 간 사건은 참 오랜만에 들어오는데? 그런데 3심 이라…… 이거 완전 골 때리는데."

"왜?"

"3심은 법률심이잖아."

1심과 2심은 사실심, 3심은 법률심이다.

즉, 1심과 2심에서는 이게 사실적 사건인지, 죄가 되는지 를 따진다.

그런데 3심은 그게 아니라 이 죄목이 맞는지를 따지게 되 어 있다.

"우리가 다른 증거를 내밀어도 3심에서는 의미가 없어. 이 게 해당되느냐가 관건이지."

"아, 그랬지."

자신이 배웠던 걸 생각해 낸 손채림은 얼굴을 찌푸렸다.

법률심이기 때문에, 사건을 조사하는 게 아니라 무조건 법 적인 싸움만을 해야 한다.

"이것, 참…… 원래 변호사가 누군데?"

"왜?"

노형진은 자료를 보면서 고개를 흔들었다.

"사건 자체가 되게 허술한데."

"응?"

"나라면 뒤집을 수 있는 기회가 몇 번 있었어."

그런데 그는 그걸 뒤집지 못했다.

아니, 제대로 변론도 못했다.

평균적인 실력만 있었어도 놓치지 않았을 이상한 점이 여러 가지 있는 사건인데 말이다.

"이건 무능을 떠나서 아예 사건 자체를 할 생각이 없었던 모양인데."

"설마?"

"설마가 아니야. 제대로 일하지 않는 변호사들이 얼마나 많은데."

노형진은 사건 기록을 살피면서 전임 변호사를 확인했다. 그리고 한숨을 푹 쉬었다.

"법무 법인 태양이네."

"응? 뭐라고?"

"법무 법인 태양이야. 너희 아버지 회사."

"허?"

그렇다면 실력이 없어서 졌을 리는 없다.

손채림의 아버지 손하균은 상당한 실력파일뿐더러, 무능한 사람을 자신의 회사에 둘 만큼 느긋한 사람도 아니다.

"안 봐도 뻔하네. 그냥 버린 사건이야."

"아…… 내가 미안해지네."

"네가 미안할 건 없는데."

버린 사건.

변호사들이 중요도가 떨어진다고 판단하여 후순위로 미루는 사건이 종종 있는데, 말이 후순위지 사실상 버려지는 셈이다.

태양 같은 거대한 로펌에는 사건이 엄청나게 들어온다.

한데 인력은 한정되어 있고 일은 많으니 당연히 우선순위가 높은, 돈이 되거나 정치인과 관련되어 있는 사람들 사건에 인력이 먼저 배정된다.

당연히 뒤로 밀린 사건은 제대로 준비할 수가 없다.

그러면 제대로 준비도 되지 않은 상황에서 변호사는 출석만 하여 대충 말장난만 하고 오는 것이다.

이런 게 바로 '버려진 사건'이다.

"그러니 돈이 없지."

법무 법인 태양쯤 되는 곳이 가격이 쌀 리 없다.

하지만 부모는 지푸라기라도 잡는 심정으로 사방에서 돈을 구해서 가져다줬을 것이다.

'하지만 버려졌을 테고 말이지.'

노형진은 눈을 찌푸렸다.

어차피 버려진 사건이다.

그런데 돈이라는 것은 상대적인 것.

부자들에게 10억은 돈도 아니겠지만, 이 부모들에게 1억은 전 재산일 것이다.

그러니 3심까지 가기엔 변호사비가 부족할 수밖에 없을 테고.

'쌍놈의 새끼들.'

노형진의 그런 의심은 맨 뒤에 있는 출석 변호사 명단을 보고 확신으로 굳었다.

출석 변호사의 명단이 무려 열세 명이었다.

이런 사건에 태양쯤 되는 변호사가 열세 명의 변호인단을 구성할 리 없다.

그렇다면 남는 것은 단 하나.

'시간 되는 놈이 아무나 가라 이거지.'

일단 이름만 올려 두고 재판 당일에 시간이 남는 사람 아무나 가라는 것이다.

이 중 한 명만 출석하면 되는 거니까.

'하지만 사람들은 그런 걸 잘 모르지.'

그냥 변호사 이름이 여럿 올라가니까 최선을 다해 준다고 생각할 뿐.

'에라, 이 쌍놈의 새끼들.'

노형진은 절로 욕이 나왔다.

"그러면 이거 해 주면 안 되나? 내가 너무 미안한데."

"해 줘야지. 다른 사람이 해도 되긴 하지만."

하지만 3심은 어떻게 보면 쉽다면 쉬운 싸움이다.

일단 법의 적용에 대한 부분을 따져야 한다는 것은 발로 뛸 필요 없이 법전만 파고들면 된다는 소리니까.

"이거 가능하겠어? 사흘 후면 변론이야."

"뭐, 가능하지. 그나저나 진짜 쌍놈의 새끼들이네."

그만두려면 차라리 빨리 그만두든가, 재판을 코앞에 두고 그만둬서 변호사도 구하지 못하게 하다니.

"하지만 가능하기는 해도…… 쉽지는 않을 거야."

노형진은 눈을 찌푸리면서 말했다.

1심과 2심은 지방법원에서 하지만 3심은 대법원에서 한다.

그렇기 때문에 당연히 다음 재판 장소는 서울이었다.

노형진은 출석을 하면서 한숨을 쉬었다.

"이걸 불행 중 다행이라고 해야 하나?"

"왜?"

"그래도 태양이라서 3심까지 간 거잖아."

"그래?"

"그래. 3심을 개나 소나 다 받아 주는 게 아니라서."

교육할 때는, 대한민국은 3심제도라고 가르친다.

하지만 3심은 선택적으로 들어간다. 워낙 사건이 많아서 다 해 줄 수가 없는 것이다.

그러니 실제로는 완전한 3심이라고 할 수는 없다.

2심에서 3심을 신청해도 대부분은 그냥 기각 처리되고 만다.

"하지만 상대방이 태양이잖아."

그러니 일단 기각 처리되지 않은 것이 다행이었다.

"그게 그나마 유일한 위안거리다."

"왠지 씁쓸하네."

"그런 게 세상이지, 뭐."

재판정으로 들어가자 모든 재판 준비는 끝나 있고 재판관이 오기만을 기다리고 있었다.

3심은 법률심이기 때문에 가족들도 오지 않았다.

사실 지금은 지칠 대로 지친 가족들이 쉬어야 하는 타이밍이다.

"재판장님 들어오십니다. 일동, 기립해 주십시오."

재판장이 들어오고 재판이 시작되었다.

"재판장님, 이번 사건에서 검사는 법을 완벽하게 잘못 해석했습니다."

3심은 아무래도 구조적으로 변호사가 공격적으로 나갈 수밖에 없다.

검사가 법을 잘못 적용했다고 주장해야 하니까.

그러니 방어하던 변호사와 공격하던 검사의 입장이 반대

가 되는 셈이다.

"재판장님, 피고인은 명백하게 현조 건조물 방화를 저질렀습니다. 그로 인해 해당 건물에서 자던 다섯 명의 사람들이 사망했습니다. 이는 조사 결과로도 나온 명백한 사실입니다."

검사는 자신만만하게 외쳤다.

사실 법무 법인 태양이라는 이름이 아니었다면 이건 3심까지 올 수 있는 사건도 아니었다.

누가 봐도 현조 건조물 방화인데 이거 말고 무슨 죄목을 적용하란 말인가?

'기껏해야 지능 수준을 따지고 들겠지.'

방화를 저지른 범인, 그러니까 홍태섭은 지능이 낮다. 그게 문제가 될 수도 있다.

하지만 지능이 낮다고 해서 처벌을 다 면할 수는 없는 노릇이다.

실제로 정신적으로 불안정해도 교도소에 들어가는 사람들도 많았고.

"피고인의 방화로 인해 사망자가 발생한 사실은 명확하고, 해당 법률 적용 과정에 있어서 법률의 부정확성이나 법률적 오해는 일절 없었습니다."

이미 몇 번이나 확인한 사항이다.

이런 사건에서 적용할 수 있는 법조문은 그것뿐이다.

'법률심은 사실심과 다르다.'

    검사들에게는 두려움의 대상이라고 불리는 노형진이라 할지라도 적용된 법 조항에 대해서는 따지고 들 수 없다는 것이 검사의 생각이었다.

    그리고 일견 노형진의 주장은 그런 그와 비슷해 보였다.

    "재판장님, 하지만 피고인 홍태섭은 정신적으로 불안정한 사람입니다. 실질적으로 그의 지능은 10세 이하 수준입니다. 그러한 사람에게 일반 법률을 적용하는 것은 가혹합니다."

    '그럴 줄 알았다.'

    지능이 낮다. 그건 이미 알고 있다.

    하지만 형법상 지능에 다른 차별 규정은 존재하지 않는다. 즉, 그는 현재 나이인 24세를 기준으로 처벌받아야 한다.

    "하지만 재판장님, 피고인의 지능이 낮은 것은 익히 알고 사실입니다만, 그렇다고 해서 성인인 피고인을 미성년자로 보아 풀어 줄 수는 없습니다."

    노형진이 노리는 것이 지능을 문제 삼아서 미성년자 관련 법률을 적용하려는 거라 생각한 검사는 단호하게 선을 그었다.

    "그는 법률적으로 성인이고 또한 자의에 의해 불을 지름으로써 무려 다섯 명의 사망자를 냈습니다. 그 재산 피해만 무려 5억이 넘고 이재민만 스물여덟 명에 달했습니다."

    불이 난 장소는 오래된 3층짜리 빌라였다.

    그곳 입구에 불을 내는 바람에 불이 크게 번지면서 제대로 대피도 하지 못해 그렇게 큰 피해가 난 것이다.

'그래, 그게 문제야.'

노형진도 처음에는 집에서 불장난을 하다가 화재로 번진 거라고 생각했다.

그런데 입구에 불을 내서 화재가 나게 만들었다는 것. 그게 이상한 것이다.

물론 입구에서 불을 내는 건 이상한 게 아니다. 문제는 그 행동이다.

'증거가 문제지.'

빼도 박도 못할 증거가 있었다. 홍태섭이 입구에 박스를 쌓아 두고 불을 붙이는 장면이 있었던 것이다.

그는 불이 번지는 걸 보고 손뼉을 치면서 좋아했다.

'그런데 그러면 장애인이 아니지.'

노형진이 이상하게 생각하는 것은 바로 그러한 행동이다.

지능이 10세 미만인 장애인이 박스를 입구에 쌓아 두고 불을 지른다?

더군다나 그 빌라는 그의 집도 아니었다.

그런데 전혀 상관없는 남의 집 빌라에 가서 상자를 쌓아 두고 불을 지른다?

'일반적인 장애인들의 행동 패턴은 아니야.'

결국 이유가 있다는 건데, 아직 그걸 알 수가 없다.

'문제는 3심이다.'

사실 3심까지 간 후에 사건을 뒤집는 것은 무척이나 어려운 일이다.

추가 증거를 모은다고 해도 법원은 판례를 뒤집는 것을 무척이나 꺼리기 때문이다.

하물며 3심은 더 그렇다.

3심에서 판례가 된 걸 뒤집으려면 최소한 5년에서 6년은 걸린다.

그리고 장애를 가진 그가 그 기간을 감옥에서 버틸 수 있다고는 생각되지 않았다.

'결국 최선은 2심으로 파기환송 시키는 것.'

그러면 2심에서 다시 재판하게 되는데, 그때까지 시간을 좀 벌 수가 있다.

"재판장님, 인간의 지능은 사람마다 다릅니다. 더군다나 피고인 홍태섭의 경우는 지능이 10세 미만인, 장애 전문가들의 표현을 빌리자면 7세에서 8세 정도에 지나지 않습니다. 그런 사람을 성인으로 판단하고 처벌하는 것은 가혹한 처사라고 생각됩니다."

"하지만 재판장님, 피고인의 정신적 나이만을 봐서는 안 된다고 생각합니다. 결국 가장 중요한 것은 피고인이 이 범죄를 저지르면서 그것이 올바른 일이냐 아니냐를 판단할 수 있는 사회적 지능이 있는지를 봐야 하는 겁니다. 그리고 피고인 측 변호사가 주장하는 대로 7세에서 8세 정도의 나이의 지능지수라면 일반적으로 사회적으로 선과 악을 구분할수 있는 나이대입니다."

검사는 홍태섭의 실질 나이를 보면서 주장했다.

"재판장님, 검사 측은 피고인이 육체적으로 성인이라는 점만을 보고 터무니없는 주장을 하고 있습니다. 법적으로 14세 미만은 소년법상의 처벌 대상입니다. 그리고 10세 미만은 형사 범죄를 저지른다고 하더라도 범법 소년으로 취급되며 형사처벌의 대상조차도 되지 않습니다. 원고는 정신적으로 8세이고 그 기준으로 본다면 범법 소년으로 판단해야 합니다. 즉, 그의 범죄행위는 안타깝지만 그가 형사처벌의 대상이 되는 것은 장애인에 대한 차별입니다. 더군다나 원고는 이미 법적으로 금치산자 판정을 받은 사람입니다. 그런데 형사처벌에 대해서만 성인의 기준으로 적용하는 것은 명백하게 규정을 잘못 적용한 것입니다."

민법상 장애인은 금치산자, 그러니까 성인이지만 법적으로 무능력하다는 걸 인정하는 사람으로 취급된다. 이런 경우 민법상 계약은 모두 무효화된다. 그를 완성된 성인으로 보지 않기 때문이다.

"원고는 민법상의 금치산자 결정이 된 것은 이미 오래전이고, 그 이후 사회적 지능이 발달하거나 또는 정신적 장애가 치료되지는 않았습니다. 더군다나 사건 이후에도 정신적 장애에 대해서 담당 검사관들 역시 인정하고 있습니다. 이 경우 형법 10조에 심신장애자에 대한 법률을 적용하는 것이 맞습니다. 단순히 육체적 나이로 판단하는 것은 명백하게 법 적용의 오류입니다."

"가해자는 심신장애로 볼 수 없습니다. 아까도 말했지만 7세에서 8세 정도의 지능이면 충분히 선과 악을 구분할 수 있습니다. 단순히 장난을 넘어서 이 정도의 불을 지를 정도라면 분명한 목적이 있었다고 볼 수밖에 없습니다, 재판장님!"

"물론 정상적인 선과 악은 그렇겠지요. 하지만 심신장애의 기준은 선과 악을 구분하는 것이 아닌, 그로 인해 파급될 수 있는 문제를 예상할 수 있는지로 봐야 합니다. 불을 지른 것이 사실이나 그로 인한 피해 여부를 예상할 정도의 지능은 없습니다!"

"모든 걸 예측하고 움직이는 사람은 없지요."

"애초에 심신장애 규정이 선악도 구분하지 못할 정도의 중증 환자만을 기준으로 판단한다면 사실상 의미가 없는 규정입니다. 그런 중증의 장애인들은 대부분 거동 자체가 불가능하고 낮은 지능지수로 인해서 스물네 시간 보호자가 동행하지 않으면 생존조차도 불가능한 사람들 아닙니까? 그런 사람들을 위한 규정이라면 존재할 이유가 없지요. 그런 사람들은 범죄 자체가 불가능하니까요!"

노형진은 악착같이 홍태섭을 처벌하려고 하는 검사를 보고 눈을 찌푸렸다.

'도대체 왜 저래? 돈이라도 먹었나?'

하지만 그가 딱히 돈을 먹을 일도 없다.

누가 봐도 홍태섭이 불을 지른 것은 사실이다. 증거도 명확하고.

'실적이 다급한 모양인데…….'

승진이 다가왔다면 아무래도 그럴 수도 있다.

노형진은 속으로 한숨을 쉬었다.

실적이 필요하다면 평소에 제대로 일하면 된다.

평소에 탱자탱자 놀다가 승진 시기가 다가오자 실적을 만드는 데에 혈안이 되다니.

'그래, 길게 가지 말자.'

어차피 이번 싸움은 자신이 이기게 되어 있다.

"그렇다면 형평성의 문제는 어떻게 하실 건가요?"

"형평성?"

"심신장애라는 것에는 여러 가지 형태가 있지요. 대표적으로 심신상실이 있습니다. 심신상실이라는 것은 가진 것을 잃어버림으로써 발생하는 거죠. 쉬운 예를 하나 들자면, 술을 마시고 살인을 한 사람의 경우는 심신상실에 해당되지요. 검찰 측의 주장대로 선과 악을 구분할 수 있다는 것으로만 판단한다면 결과적으로 똑같은 살인을 해도 술을 마시고 사람을 죽인 사람은 원래 장애를 가진 사람보다 처벌이 더 약해질 수밖에 없습니다. 이 문제에 대해서는 어떻게 생각하십니까?"

"그건⋯⋯."

순간 검사는 말문이 막혔다.

이건 법과 현실의 일종의 괴리다.

법적으로 따지면 당연히 술을 마시고 사람을 죽인 놈이 유리하다. 심신상실에 도달했기 때문이다.

그때는 선과 악을 구분하지 못한다.

술 마시고 개가 되는 건 어쩔 수가 없으니까.

"그리고 자의적 심신상실은 어떻게 해석하실 겁니까?"

"그게 이번 사건과 무슨 관계입니까?"

"관계가 있지요. 심신상실이 고의적인 것인지, 아니면 타인에 의한 것인지, 정신병적 질병에 의한 것인지 알 수가 없지 않습니까?"

"으음⋯⋯."

법의 오랜 난제를 들고나오자 검사도, 판사도 약간은 곤혹스러운 표정이 되었다.

술을 마시고 전 여자 친구를 강간하거나 살해하는 경우가 종종 있다.

그리고 그 상황에서 대부분의 사람들은 술에 취해 정신을 못 차려서 그랬다고 생각하곤 한다.

문제는 진실을 알 수가 없다는 것.

쉽게 말하면, 술을 마시고 우발적으로 사고를 친 것인지 아니면 사고를 칠 목적으로 술을 마신 것인지 검사로서는 알아낼 방법이 없다는 거다.

당연히 가해자는 술 마시고 벌인 우발적인 행위였던 거라면서 감형을 요구하겠지만.

결과적으로 악한 목적을 가지고 술을 마셨다면 구분할 수가 없으므로 그들이 유리해진다는 뜻이다.

"그러면 결과적으로 선천적 장애인들은 그에 따른 역차별을 받는 거 아닌가요?"

노형진의 말에 검사는 말문이 막혔다.

해석대로라면 더 순수한 사람일수록 도리어 역차별을 당하는 문제가 생긴다.

"이번 사건에서 중요한 것은 홍태섭이 심신장애자라는 사실입니다. 아무리 높게 잡아도 10세 정도의 지능입니다. 그 정도 지능이라면 말씀대로 선과 악은 구분할 수 있겠지요. 하지만 그로 인해 발생할 사건의 파급력이나 사망 사고 발생의 가능성은 전혀 예상하지 못하는 것이 사실입니다. 이는 그동안의 수많은 연구 결과에 나와 있습니다."

노형진은 몇 가지 논문을 증거로 제시했다.

순간 검사의 얼굴에는 짜증이 치밀어 올랐다.

'그래, 태양이었다면 좋았겠지? 안 그래?'

사실 태양에서 최소한의 변론만 했어도 이 사건은 여기까지 올 수도 없었을 것이다.

1심과 2심에서 심신장애를 주장하면 되는 일이었으니까.

하지만 그들은 그러지 않았다.

'도대체 얼마나 무능한 놈을 보낸 거야?'

상식적으로 어느 정도 실력이 있는 사람들이라면 아무리 준비를 하지 않았어도 이 정도의 법률적 지식은 있는 게 당연하다.

그런데 그런 변론조차 하지 않았다면…….

'안 봐도 뻔하네.'

이제 막 나온 로스쿨 1기생 중 적당한 사람들을 보냈을 가능성이 높다.

실전 경험도 없고 실력도 부족한 사람을 보냈겠지.

그런데 경험이 없으니 재판정에서 어버버하다가 끝났을 테고.

'돌아 버리겠네.'

사실 노형진은 이 부분에 대해 걱정이 많았다.

로스쿨 제도가 나쁜 건 아니다. 하지만 상대적으로 사법시험에 비해 경험이 부족한 채로 변호사 시장에 내던져지는 것은 심각한 문제다.

경험을 쌓으면 나아진다지만, 그 과정에서 피해자들은 막대한 손해를 볼 수밖에 없다.

사법연수원처럼 제대로 교육하는 것도 아니고 잠깐 각 로펌에서 연수를 하는 게 다다.

그나마도 자리가 확보되지 않아서 변호사회에서 단체 교

육을 하고 있으니.

'그런 놈을 보내서 대충 경험이나 쌓으라고 했겠지.'

고개를 절레절레 흔들던 노형진은 정신을 차리고 검찰 측을 바라보았다.

"그런 면에서 볼 때 심신장애를 적용하는 것이 맞다고 생각합니다."

"으으으……."

검찰은 짜증스럽게 노형진을 노려봤지만 사실 어떻게 봐도 노형진의 말이 맞기 때문에 그저 침묵만 지킬 뿐이었다.

⚖

"역시나 파기환송 되었네."

"그러니까 이렇게 간단한 걸……."

노형진은 고개를 절레절레 흔들었다.

도대체가 무슨 생각으로 그런 것인지 이해가 가지 않을 지경이다.

"아무래도 지난번에 변론을 담당한 변호사 좀 찾아봐야겠어. 출석한 게 누군지 알 수 있어?"

"어? 알 수야 있는데, 어쩌려고?"

"그냥, 생각이 좀 있어."

노형진은 일단 머릿속에 있는 것을 혼자서만 생각하기로

했다.

직접적으로 나서면 좋은 소리는 못 들으니까.

'뭐, 좋은 소리 듣자고 내가 변호사 노릇을 하는 건 아니지만.'

다만 미리 이야기가 새어 나가면 분명히 저쪽에서도 어떻게든 대응하려고 할 게 뻔하기 때문에 그저 출석한 변호사가 누군지 확인만 해 달라고 했다.

"알았어. 그런데 그건 어려운 게 아니지만, 이제 파기환송 되었잖아? 그러면 어떻게 해? 2심에서 다시 정신적 장애를 주장할 거야?"

손채림은 당연히 그럴 거라 생각했다.

누가 봐도 그게 가장 확실한 방법이니까.

하지만 노형진은 고개를 흔들었다.

"쉬운 길이기는 한데 바른길은 아니지."

"응? 어째서?"

"그렇게 되면 민사적 책임에서 못 벗어나거든."

"그거야 그렇지."

홍태섭의 집은 돈이 많지 않다.

그들도 다른 오래된 빌라의 월세를 사는 처지이고, 그나마도 다 빼고 변호사 비용을 내고 난 후에 지하 셋방으로 옮겨 갔다.

거기에다 쓸 만한 물건은 모조리 팔아서 짐조차도 없는 상황.

"그런 상황에서 민사적 손해배상이 들어온다면 그건 배상해야 해. 사망자가 다섯 명에 재산상 손해액이 5억이 넘어. 그게 민사가 들어간다면 어떻게 되겠어?"

"어……."

"안 봐도 뻔하지. 이건 파산도 못 해."

법원을 통해 손해배상으로 나온 금액은 파산의 대상이 아니다.

그러니 그쪽에서 돈을 받아 내려고 덤벼들면 어쩔 수 없이 전 재산을 빼앗겨야 한다.

"그렇다고 상대방의 자비를 구걸하기에는, 상대방도 사정이 좋지 않고."

오래된 빌라에서 사는 사람들이 사정이 좋을 리 없다.

당연히 그들도 어떻게 해서든 피해를 복구하기 위해 노력할 것이다. 거기에는 손해배상이라는 부분도 들어가 있을 테고.

"그러니 어떻게 해서든 무죄를 만들어야 해."

"하지만 어떻게? 이게 무죄가 될 리 없잖아. 그리고 무죄가 된다고 해서 이번 사건 피해자들의 피해를 복구할 수 있는 것도 아니고."

"그래서 내가 무죄를 노리는 거야."

"응?"

"이번 사건에서 이상한 점이 한두 개가 아니거든."

"이상한 점?"

"그래."

사람들은 무심하게 넘어갔을지도 모른다.

하지만 사건을 찬찬히 살펴보면 이상한 점이 한두 개가 아니었다. 논리적으로 그리고 상식적으로 불가능한 게 여기저기 보인다.

검찰과 경찰은 자신들이 조사하기 귀찮으니 대충 넘어간 모양이지만, 변론을 해야 하는 노형진의 입장에서는 쉽게 넘어갈 수가 없는 일이었다.

"일단 이걸 봐."

노형진은 증거로 제출되었던 CCTV 영상을 재생했다.

"이건 아무리 봐도 이상한 게 없는데?"

빌라의 입구에서 박스를 쌓아 두고 거기에 불을 붙이고는 그 앞에서 손뼉을 치면서 좋아하는 홍태섭의 모습.

아무것도 모르고 마냥 좋아하는 걸 보니 왠지 한숨만 나온다.

저런 행동이 얼마나 큰 문제를 일으킬지 그가 알았을 리가 없으니까.

"일단 말이야, 화면에서 보면 박스를 하나씩 나르잖아?"

"그렇지."

"그런데 너무 빠르지 않아?"

"응?"

"화면 바깥에서부터 하나씩 박스를 나르고 있다고. 그런데 가지고 들어오는 속도가 너무 빨라. 마치 화면 바깥에 박스를 미리 쌓아 둔 것처럼 말이야."

"아!"

박스 한두 개에 불을 피운다고 해서 불이 커지지는 않는다.

불을 키우기 위해서는 당연히 박스를 여러 개 쌓아야 한다.

그런데 그 박스의 숫자는 적지 않았다. 그걸 한 번에 나를 수 있는 것도 아니고.

"홍태섭은 분명히 CCTV 화면 바깥으로 나가서 박스를 가지고 와서 쌓아 두고 있어. 그렇지? 그런데 그 텀이 너무 짧단 말이지."

화면 바깥에서 가져와 쌓아 올리는 박스의 수가 족히 스무 개는 되어 보인다.

그런데 화면에서 사라졌다가 채 1분도 되지 않아서 새로운 박스를 가지고 와서 쌓아 올리는 것이다.

"요즘 저런 박스를 구하는 게 쉽지 않잖아."

"그렇지. 더군다나 저런 동네는 더 힘들걸."

요즘은 박스를 주워서 생계를 이어 가는 사람들이 많다.

박스가 한곳에 그렇게 잔뜩 쌓여 있다면 당연히 주워 가지 않을 리 없다.

"이상하지 않아?"

"그렇기는 하네."

미리 가져다가 쌓아 두고 다시 가지고 들어온다?

그건 말도 안 된다.

홍태섭의 지능은 7세에서 8세 사이다. 그런 계획을 짜기보다는 즉흥적으로 움직인다.

"더군다나 그럴 거라면 바로 입구에 가져다 쌓아 두지, 바깥에 쌓아 뒀다가 다시 가지고 들어오겠어?"

"그도 그러네. 입구 가까이에 쌓아 놓으면 누군가 가지고 가지 않을 테니까."

"그러니까."

길에 쌓아 두면 누군가 가지고 갈 가능성이 높다.

그러니 일반적인 사람이라고 해도 그걸 모아 놔야 한다고 생각한다면 길바닥이 아닌 입구 안에 직접 쌓으려고 했을 것이다.

"하지만 이 시간 차를 봐서는, 아무리 봐도 CCTV가 미치지 않는 가까운 곳에 쌓아 둔 거란 말이지."

"확실히 이상하네."

검사와 경찰은 무심하게 넘어간 모양이지만 노형진이 보기에는 논리적으로 말이 안 되는 장면이었다.

장애라는 것이 그냥 쓰는 말이 아니다. 생각하는 데 한계가 있기 때문에 장애라고 하는 것이다.

"더군다나 이상한 점은 하나 더 있어."

"뭐가?"

"불이 일어나는 속도를 봐."

"응?"

"불이 나는 속도가 이상하지 않아? 아무리 박스라고 하지만, 이렇게 불이 확 일어날 수는 없다고."

"종이잖아?"

"종이이기는 하지. 하지만 아무리 종이라고 해도, 저렇게 불이 확 일어나지는 않아."

박스로 쓰는 종이는 생각보다 불이 잘 안 붙는다.

물론 붙고 나서는 잘 타기는 하지만, 작은 불에는 그다지 불이 잘 붙는 편이 아니다.

설사 붙는다고 해도 저렇게 빠르게 퍼지지는 않는다.

"그리고 이 날짜를 확인해 보니까, 그 전날 비가 왔더라고."

"비?"

"그래."

그 전날 상당한 비가 와서 공기 중의 습도는 아주 높은 상태였다. 모든 종이가 습기를 잘 흡수하기는 하지만, 박스용 두꺼운 종이도 만만찮게 흡수한다.

"그래서 처음에 이 동영상을 봤을 때 습기를 먹어서 저런 줄 알았어. 그런데 생각해 봐. 습기를 먹어서 축 늘어진 종이 박스에 저렇게 불이 잘 붙을까?"

"아!"

손채림은 노형진이 이상하다고 생각한 게 뭔지 알아차렸다.

영상 속의 불은 빠른 속도로 타올랐다. 그런데 그에 비해 두꺼운 종이는 약간 눅눅해 보였다.

"잠깐. 그러고 보니 이상한 게 하나 더 있는데, 종이는 빨리 타고 빨리 꺼지지 않아?"

"너도 알아차렸구나."

종이는 불에 한없이 약하다. 그래서 불이 붙으면 한순간에 확 타 버리고 재만 남긴 채 꺼진다.

"그런데 재만 남았는데도 상당히 오래 타는데?"

분명히 재만 남아 있는 상황인데도 상당량의 불길이 남아 내부를 태우면서 불이 번지게 하고 있었다.

"어떻게 된 거지?"

재만 남은 상황에서 저렇게 불꽃이 일렁거릴 정도로 남아 있는 것은 불가능하다.

"결국 우리가 모르는 뭔가가 있다는 걸 거야."

"우리가 모르는 어떤 거라니?"

"가령 누군가 도와줬다거나…… 아니, 도와줬다기보다는 이용했다고 봐야겠지."

"뭐?"

손채림의 얼굴이 딱딱하게 굳었다.

그렇지만 부정할 수는 없었다.

생각해 보면 홍태섭만큼 이용하기 좋은 사람이 어디 있겠는가?

성인이니 힘은 부족하지 않다. 거기에다 정신연령이 낮으니, 적당히 이용하면 시키는 대로 하게 할 수 있다.

"좀 더 사건을 파고들어야겠어."

노형진은 입술을 깨물며 말했다.

인간의 도구

영상에 나와 있는 것만으로 사건을 추적하는 데에는 한계가 있었다.

찍혀 있는 것은 오직 홍태섭뿐이었으니까.

주변을 조사해 봤지만 나오는 것은 없는 상황.

"애초에 조사하지 않은 게 큰 실수다."

주변의 CCTV를 모조리 확인했다면 같이 움직이거나 박스를 나르는 데 도움을 준 녀석을 잡을 수 있었을지도 모르지만, 이미 시간이 많이 지났다.

3심까지 간 상황이니 누가 도와줬는지 기록이 남아 있을 리 없었다.

"그러면 남은 증거는 이것뿐인데……."

노형진은 검찰청에서 증거라고 남긴 것을 바라보고 있었다.

"라이터?"

"그래."

경찰에서는 홍태섭이 불을 질렀다는 증거를 몇 개 내놨다.

하지만 대부분 홍태섭에게 불리한 증거들이었다. 그을린 옷이라든가 하는 것 말이다.

'다만 이 라이터가 거슬린단 말이지.'

홍태섭은 장애인이다.

그런 그가 라이터를 손에 넣었다는 것은 우연치고는 이상하다.

'집에서 얻었다고 보기에는, 말이 안 돼.'

홍태섭의 부모님은 양쪽 다 담배를 피우지 않는다.

그렇다고 장애인인 홍태섭이 친구와 만나다가 우연히 주머니에 넣었다고도 볼 수 없다.

'라이터는 흔하지만, 상황에 따라서 다르지.'

가령 담배를 피우는 사람이라면 라이터가 있는 게 이상하지 않지만, 담배를 피우지 않는다면 일반적으로 라이터를 들고 다닐 일은 없다.

'더군다나 이 라이터는 홍보용이야.'

시중에서 일반적으로 파는 라이터가 아닌 홍보용이다.

라이터에는 '그린그린'이라는 이름이 쓰여 있었다.

"그린그린이라면 룸살롱인데?"

"알고 있어."

이미 노형진도 확인했고, 경찰도 조사했다.

하지만 그곳의 말에 따르면 한 달에도 백 개가 넘는 라이터가 홍보용으로 뿌려진다고 하니 어디서 흘러왔는지 알 수가 없다는 게 결론이었다.

'그렇지만 제3자가 끼었다고 하면 이야기가 달라지지.'

아마도 경찰은 이게 우연히 홍태섭의 손에 들어갔을 거라 생각한 모양이었다. 대부분 그런 경험이 있으니까.

집에 본 적도 없는 라이터나 수건이 있는 건 흔한 일이다.

'하지만 문제는 주변 인물들이야.'

홍태섭 주변에는 이게 필요한 사람이 없다.

현대에 와서 라이터의 용도는 말 그대로 담뱃불을 붙이는 것뿐이다.

그런데 주변이 죄다 비흡연자인데 어디서, 무엇 하려고 이걸 줍겠는가?

그가 움직이는 공간은 집과 그 근처뿐인데.

'물론 길거리에서 주울 수도 있겠지만.'

하지만 여기는 유흥가도 아니다. 그러니 길거리에서 주워갈 일도 별로 없다.

"아마도 이건 범인이 준 거겠지."

그럴 가능성을 생각한 노형진은 라이터를 보면서 눈을 찌푸렸다.

'젠장, 접촉 시간이 너무 짧았어.'

사이코메트리는 잘 안 쓰기는 하지만 이 경우는 어쩔 수 없었다.

하지만 라이터에서 읽을 수 있는 것은 극심한 증오와, 자존심이 상했다는 기분뿐이었다.

아마도 평소에 신경도 안 쓰다가 손에 쥐어 줄 때 잠깐 손에 닿은 정도가 다인 모양이었다.

'얼굴이라도 볼 수 있으면 좋겠지만.'

그건 불가능한 것이 현실이다.

범인이 누구인지, 자신의 이름을 계속 되씹을 리 없으니까.

'하지만 한 가지는 확실하지.'

이건 우연이 아니다. 누군가를 노리고 복수하기 위해 저지른 일이다.

그리고 그건 충분히 설명할 수 있는 사실이다.

"일단 그 집에 살던 사람들을 조사하면 답이 나올 것 같아."

"피해자들?"

"그래."

"어째서? 피해자들은 아무것도 모르잖아."

"피해자들은 그렇지. 하지만 생각해 봐. 사람을 도구로 써서 불까지 지른 놈이야. 그런 놈이 이유도 없이 그곳을 콕 집어서 불을 지르라고 할까?"

"으음……."

"방화범이라면 직접 불을 지를 거야. 그래야 자신의 욕망이 채워지니까. 하지만 이놈은 그러지 않았어. 굳이 홍태섭을 방패로 내세웠지. 그렇다면 방화범은 아니야. 그럼 도대체 이유가 뭐겠어?"

"그렇겠네."

지나가다가 '아, 저기에다 불 질러야지.'라고 생각하는 사람은 없다.

즉, 노리는 게 있어서 거기에 불을 질렀다는 것이다.

"거기에다 우리 예상이 맞다면 그 종이 박스는 가연성 물질로 적셔진 상태였어. 기름은 아니지만 뭔가 있었던 것은 확실하지. 그렇다면 원한 관계 아닐까?"

"원한이라……."

그 빌라에 살던 사람들 중 과연 누구에게 원한을 가지고 있는지는 두고 봐야 알 일이다.

"하지만 한 가지는 확실해. 진짜 범인은 결코 멍청한 놈은 아닐 거라는 거야."

그런 자였다면 직접 일을 저지르거나 걸리지 않는 것만 생각하지, 방패를 내세워 죄를 뒤집어씌우겠다는 생각은 하지 않았을 것이다.

"결국 누군가 그 사람들과 관련이 있다는 거지."

누군가 똑똑한 사람과 관련이 있는 사람.

그게 누군지 알아낼 수만 있다면 범인을 찾을 수 있을 것이다.

"일단 넌 라이터 쪽을 파고들어 봐. 내가 피해자들을 만나 볼게."

손채림은 고개를 끄덕거렸다.

"알았어."

비록 흔하게 뿌려진 라이터이지만 추적해 보면 뭔가 나올 가능성이 높았다.

"일단 범인이 누군지 한번 찾아보자고."

노형진은 고개를 끄덕거렸다.

⚖️

"저를 미워할 사람요?"

"네. 누구든 상관없습니다. 죽이려 들 정도로 미워할 일이 있었나요?"

"그럴 일이 있을 리가요. 저는 그냥 과일 장수일 뿐인데요."

인터뷰를 한 남자는 한사코 고개를 흔들었다.

그뿐만이 아니다.

상황이 상황이다 보니 아무래도 갑이 아닌 을의 위치에 놓인 사람이 대부분이었고, 그들이 누군가에게 목숨을 위협받을 정도로 미움을 받을 이유는 없었다.

'가난한 사람들은 아무래도 조심해서 다니니까.'

자존심을 세울 이유도 없고 괜히 분란을 만들면 법원까지 가야 하는데, 그만큼 쉬면 고스란히 손해다. 까딱 잘못하면 직장에서 해직당할 수도 있고.

그러니 그들이 누군가에게 살인을 불사할 정도의 증오를 받을 일은 딱히 없다.

"돌겠네."

노형진은 탁자를 볼펜으로 두드리면서 한숨을 쉬었다.

여러 가지 가능성을 따져 보았지만 이렇게까지 아무것도 안 나올 줄은 몰랐다.

"죽은 사람들 중 한 명인가?"

그렇게 생각하던 노형진은 고개를 흔들었다.

죽은 사람들은 대부분 노약자다.

노인이 세 명이고 아이들이 두 명이다.

아이들이 그렇게 미움을 받을 이유는 없다.

그렇게 되면 남은 건 노인들뿐인데, 노인들이 만나는 사람은 결국 노인뿐이다.

그런 그들이 이렇게 머리를 써 가면서 살인을 불사할 이유는 없다.

'그리고 나이 먹으면 극단적으로 분노하지 이렇게 냉철하게 머리 쓰지는 못해.'

그러니 직접적으로 불을 질렀으면 모를까 홍태섭에게 시키지는 않았을 것이다.

'홍태섭이 기억하고 있으면 좋은데.'

하지만 홍태섭은 이미 완전히 까먹은 상태였다.

정신연령도 낮은 데다가 시간도 오래 지났으니까.

초반에 이런 의심을 했다면 녹화라도 해 두었겠지만 의심을 품은 이는 노형진뿐이다.

지금은 홍태섭은 모른다는 말로 고개를 흔들 뿐.

"아…… 돌겠네."

노형진은 볼펜을 돌리면서 인터뷰 자료를 다시 확인했다.

딱히 이상할 게 없는 인터뷰 기록.

하지만 어느 순간 노형진의 손이 딱 멈췄다.

"어?"

거기에는 다른 집 여자의 이름이 쓰여 있었다.

서가연인가 하는 여학생이었다. 지금 국제대 영어학부에 다닌다고 하던가?

"그러고 보니……."

노형진은 생각을 다시 한번 다듬었다.

그의 추론에 의하면 범인은 똑똑한 사람이다.

아무리 머리가 좋다고 해도 겉으로 보이는 것이 나쁘면 기억에 남을 수밖에 없다.

그런데 그런 범인을 봤다는 사람은 없다.

"국제대?"

한국대학교급은 아니지만 확실히 명문이다.

그리고 영어학부면, 학교 내에서도 커트라인이 상당히 높은 곳이다.

"그러고 보니 똑똑한 사람에게는 같은 부류와 만날 수 있는 공간이 있는 법이잖아?"

그런 면에서 국제대학교는 충분히 그런 가능성이 있다. 그곳은 충분히 명문이니까.

'거기에다 똑똑한 사람이니 이런 작전을 짤 수도 있겠지.'

국제대학교에 다니는 그 여학생은 자신에게는 그런 사람이 없을 거라고 이야기했고, 이제 2학년인 그녀가 그럴 만한 일이 없을 거라 생각해서 노형진도 무심하게 넘어갔다.

'하지만 생각해 보면 원한이라는 것은 결국 상대적인 거란 말이지.'

나는 별거 아니라고 생각할 수도 있지만 당하는 사람 입장에서는 억울해서 미치고 팔짝 뛸 만한 일일 수도 있다.

어떤 때는 살인도 불사할 만큼 분노할 수도 있고.

'미국에서도 그런 일이 있었고.'

특히나 사이코패스는 작은 원한도 절대로 잊지 않고 복수를 한다.

한국에 숨겨진 사이코패스가 얼마나 많은지 생각해 보면 본인은 원한을 인식하지 못하고 있을 수도 있다.

'그래, 피해자가 아니라 가해자 위주로 생각해 보자.'

과연 이런 작전을 짤 수 있는 가해자는 누구인가?

노형진은 그 점에 집중했다.

그리고 결국 그만한 사람은 역시 국제대학교 출신일 가능성이 높다는 생각을 했다.

결국 노형진은 그녀를 다시 불러 대화를 나눌 수밖에 없었다.

"사소한 거요?"

"네, 사소한 것도 좋습니다. 아무리 사소한 것이라도 좋아요. 서가연 씨한테 원한을 가질 만한 사람요."

"하지만 전 그럴 일이 없는데요. 원한을 가지고 싸울 것도 없고……."

"아르바이트를 하거나 하는 건요?"

"다 좋은 사람들이에요. 거기서 벌써 2년째 하고 있는데요."

"혹시 바뀐 사람은요?"

"없는 건 아니지만 다 좋게 나갔어요. 나랑 싸우거나 한 건 아니었고요."

"음……."

노형진은 자신이 잘못 짚은 건가 하면서 머리를 긁었다.

그런데 한참 고민하던 그녀가 갑자기 뭔가 떠오른 표정이 되었다.

"저기…… 이런 게 원한이 될 수도 있나요?"

"어떤 거죠?"

"제가 마음을 받아 주지 않는다든가……."

"확실히…… 그럴 수도 있지요. 애정과 증오는 한 끗 차라고 하니까요."

치정 살인이라는 것이 그냥 생기는 게 아니다.

사람들은 치정이라고 하면 그렇고 그런 관계가 끊어지면서 생긴다고 생각하기 쉽지만, 사실 마음을 받아 주지 않았다는 이유로 상대방을 살인하는 경우도 의외로 많다.

물론 그렇다고 해서 고백하는 사람의 마음을 모두 받아 줄수는 없지만.

"그런 사람이 있었나요?"

"네."

조심스럽게 고개를 끄덕거리는 서가연.

그런데 그녀의 얼굴에는 곤혹스러운 기색이 가득했다.

"누군데요? 선배인가요? 아니면 후배?"

"그게……"

서가연은 잠깐 침묵을 지켰다.

아무리 생각해도 그것 말고는 떠오르는 게 없다. 그렇지만 그 사람이 이런 일을 벌였다고 보기에는…….

"고민은 나중에 하세요. 조사는 저희가 합니다. 몰래 할테니까 나중에 문제 될 일도 없고요."

"하아……."

깊은 한숨을 쉰 서가연은 조심스럽게 그 사람의 이름을 말했다.

"광진만이라고 있어요. 저한테 고백했는데 제가 거절했거든요."

"언제요?"

"작년 말요."

"작년 말?"

"네."

그렇다면 그녀가 1학년 때다.

'그때가 불타오르는 때이기는 하지.'

특히나 남중 남고 테크를 타서 여성에 대한 저항력이 낮을 경우 짝사랑이 분노로 바뀌는 일은 흔한 편이다.

"그러면 그 사람이 그 이후에 어떻게 하나요?"

"그게…… 사실 그래서 학교를 그만둘까도 생각 중이었어요."

"네? 스토커 짓을 하나요?"

"그건 아닌데……."

"그럼요? 괴롭힙니까? 협박하나요?"

"그게…… 하아…….."

깊은 한숨을 한 번 더 쉰 그녀는 힘겹게 입을 열었다.

그리고 그 말은 노형진의 뒤통수를 강하게 후려쳤다.

"그분, 제 전공 교수님이에요."

⚖

"이거 미친 새끼 아니야?"

손채림은 광진만에 대해 조사한 기록을 주며 말했다.

"그렇게 제정신이 아니야?"

"아니, 나이 차가 이렇게 나는데 어떻게 고백을 해? 아버지와 딸도 아니고 할아버지와 손녀 수준이라고."

나이가 무려 64세.

일찍 결혼한 사람은 진짜로 손녀라고 해도 믿을 정도의 나이 차다.

"확실한 건 아니니까 일단은 혐의만 두자고."

"고백한 건 사실이잖아?"

"그건 그렇지."

톡으로 엄청나게 사랑한다는 말을 보냈는데 마음을 받아주지 않자 나중에는 엄청난 분노를 폭발시켰다, 욕설과 협박까지 하면서.

"이런 게 구질구질한 거라고."

"하긴, 그렇다. 교수쯤 되면 상식이라는 게 있어야지."

나이야 어찌 되었건 교수도.남자다.

그러니 여자에게 반할 수도 있고, 고백할 수도 있다.

"하지만 그 이후의 행동은, 해서는 안 되는 거지."

내게 상대방을 좋아할 자유가 있듯이 상대방 역시 거절할 자유가 있다.

그런데 그걸 무시하고 받아들이지 않는다고 협박하고 괴롭힌다면, 그건 인간으로서 실격이다.

"더 웃긴 게 뭔지 알아?"

"뭔데?"

"그 새끼, 유부남이야. 손자까지 있다고."

"그다지 놀랍지는 않은데."

"뭐?"

"그 나이에, 국제대학교 교수가 미혼인 게 더 이상한 거 아냐?"

"으으으…… ."

결국 자기 감정도 제대로 처리하지 못하는 노친네 한 명이 뻘짓을 한 것이다.

'그냥 그러고 말았으면 좋았을 것을.'

거기서 멈추었다면 그저 흑역사로 남았을 일이다.

하지만 그는 그러지 않았을 가능성이 너무나 높다.

"뭐, 좀 더 조사해 봐야겠지만 확실히 광진만 교수가 범인일 가능성이 높아."

그라면 자기 학생의 주소야 얼마든지 알아낼 수 있다. 그리고 함정을 팔 정도의 지능을 가지고 있기도 하다.

"거기에다가 자신이 직접적으로 나설 수 없는 사람이기도 하지."

일반적으로 이런 경우, 거절당한 남자는 직접적으로 폭력을 행사해 버리는 일이 많다.

하지만 그렇게 행동하면 그는 잃어버릴 게 너무나 많다.

"결국 간접적으로 행동하는 수밖에 없다는 소리거든. 전에도 말했지만 남자는 직접적인 방법을 선호하지 간접적인 방법은 선호하지 않아."

그럼에도 불구하고 이번에는 간접적 방법을 선택했다.

"거기에다 나이를 먹으면 감정을 통제하지 못한다는 점은 확실하지. 오죽하면 나이 먹으면 애가 된다는 말이 있겠어?"

자기 마음대로 행동하고 안 되면 땡깡을 부리는 것이, 아이들과 비슷하다.

"그리고 그걸 경험이라고 우기는 거지."

"그 가스통 할아버지들처럼?"

"그래."

세상이 바뀌었지만 그들은 그걸 받아들이지 않는다.

오로지 '빨갱이'라는 말 하나만으로 세상을 받아들이고, 자기 의견에 동조하지 않으면 빨갱이로 못 박아 버린다.

"그 사람들이 젊을 때부터 그랬던 건 아니잖아."

"쩝."

"나이 먹는다는 건 그런 거야, 슬프지만."

심지어 그중 일부는 민주화 운동을 주도하던 사람이었다.

그런데 이제는 민주주의의 가장 큰 적이 되어 버렸다.

"그런데 광진만 교수 그 사람이 범인인지 아닌지 어떻게 알아?"

"간단하지."

노형진은 손을 까딱거렸다.

"우리에게는 라이터가 있잖아?"

⚖️

노형진과 손채림은 광진만을 감시하기 시작했다.

예상대로라면 광진만이 홍태섭에게 라이터를 줬을 가능성이 가장 높은 인물이다.

그렇다면 광진만은 그린그린에 다닐 가능성이 아주 높다.

"저거 봐."

바깥으로 나온 광진만을 바라보던 손채림은 잠깐 다른 데 신경을 쓰고 있던 노형진을 쿡 찔렀다.

"뭔데?"

"담배를 피운다."

"호오?"

광진만은 자연스럽게 주머니에서 담배를 꺼내서 쭈욱 빨아들였다. 그리고 허공으로 길게 연기를 뿜었다.

"저거로군."

"뭐가?"

"너 화면에서, 기억나? 이상하게 불이 빨리 커졌잖아."

"그렇지. 하지만 기름 흔적은 발견이 되지 않았잖아."

"그래."

그랬다면 아마도 경찰이 주변 주유소를 확인해서 기름을 사 간 사람을 찾았을 것이다.

하지만 그런 흔적이 없었기 때문에 경찰은 홍태섭의 단독 행동으로 알았던 것이다.

"그 이유를 알 것 같아."

"이유라니?"

"저 사람이 쓰는 라이터를 봐 봐."

"라이터가…… 아!"

그가 쓰는 라이터는 일회용 라이터가 아니었다.

그는 어느새 두 번째 담배에 불을 붙이고 있었다. 지포 라이터를 꺼내서.

"라이터 기름은 일반적인 기름보다 훨씬 휘발성이 강하지. 흔적도 안 남고."

라이터 기름은 마트에서 현금을 주면 쉽게 살 수 있다.

거기에다 휘발성도 강해서 금방 증발하기 때문에 증거도 남지 않는다.

"거기에다 가격도 얼마 안 돼. 박스 몇 개 정도 적시는 건 어렵지 않지."

노형진은 두 번째 그림이 맞춰지는 느낌이었다.

"거기에다 담배를 계속 피우잖아."

"응?"

"벌써 세 번째 담배야."

아무리 퇴근 시간이라고 하지만 광진만은 벌써 세 번째 담배를 물고 있다.

뭔가 걸리는 게 있으니 저렇게 피우는 것이다.

"아무리 골초라고 해도 이렇게 연속해서 담배를 피워 대지는 않아."

"그렇겠지."

물론 특수한 경우라면 모르지만, 지금은 딱히 술을 마셨거나 하지도 않았다.

퇴근 시간인 걸 감안해 보면 더 이상하다. 대부분의 사람들은 빨리 한 대 피우고 어서 집으로 가려고 하는 때이니까.

"아이고, 교수님! 늦어서 죄송합니다!"

그때였다. 검은색 세단 한 대가 담배를 피우고 있는 광진만에게 접근했다.

"아닐세. 연락은 받았네."

"죄송합니다. 차가 막혀서요, 하하하. 어서 타시지요."

차에서 내린 남자는 굽신거리면서 광진만에게 인사했고 광진만은 익숙하게 차량에 올라탔다.

"뭐지? 차 안 가지고 가나?"

"보아하니 접대인 모양인데."

"접대?"

"광진만의 기록을 생각해 봐."

"아!"

그는 제법 유명한 사람이다.

특히나 정부 관련 심사위원회의 위원장이기도 하다.

"그런 그에게 접대가 안 들어오겠어?"

광진만이 탄 차는 점점 멀리 움직이고 있었다.

한참 도로를 달려서 도착한 곳은 다름 아닌 그린그린.

그걸 본 노형진은 씩 미소를 지었다.

"역시나."

"우연 아니야?"

"우연이 아니야. 여기로 오는 동안에 접대할 만한 술집이 단 하나도 없었을까?"

"그건 아니지."

"그런데 왜 콕 집어 여기로 왔을까?"

"그건……"

"간단해. 상대방이 원하니까. 너도 알다시피 접대라는 것은 상대방에게 아부를 떠는 행동이야. 당연히 그가 가고자 하는 곳이 최우선 장소 아니겠어?"

"아하!"

"그리고 그린그린에 왔다는 것은, 광진만이 여기 단골이라는 소리지."

아마도 내부적으로는 '지명'이라고 해서 그가 찾는 여자가 따로 정해져 있을 가능성이 높다.

"근데 우리가 안에 들어갈 수는 없잖아."

"안에는 들어갈 수 없지. 하지만 우리에게는 이쪽으로 아주 강력한 아군이 하나 있잖아."

⚖

그린그린은 난리가 났다.

갑자기 다른 사람도 아니고 안당 어르신이 내방한다는 소식에 말이다.

사장부터 종업원까지 서둘러 청소하고 바짝 얼어붙어 있을 수밖에 없었다.

"안당 어른이 어쩐 일이지?"

"그러게."

"아, 미치겠네. 사장님한테는 뭔 말 없어?"

"없어요."

"그분이 직접 오신다니, 아, 씨발……. 뭐, 일 터진 거 아냐?"

물론 그린그린이 안당의 가게는 아니다.

하지만 이 바닥에서 안당의 눈 밖에 나고도 제대로 영업한다는 건 불가능하다.

힘도 힘이지만, 여자들에게 엄청난 지지를 받고 있는 그녀이기 때문이다.

안 그래도 그녀를 밀어내려고 했던 자들이 모조리 숙청되었다는 소식에 다들 긴장한 상태였다.

하나같이 최소한 가게 몇 개씩은 가지고 있던 쟁쟁한 자들이었는데, 그렇게 찍히고 난 후 길바닥으로 나앉는 데에 걸린 시간은 채 1년도 되지 않았다.

그러니 그녀가 직접 찾아온다고 하니 난리가 날 수밖에.

"그나마 업장 오픈 전에 와서 다행이기는 한데."

만일 오픈한 다음에 온다는 소식을 들었다면 있던 손님도 죄다 내보내고 맞이해야 했을지도 모른다.

─어르신 내려가십니다.

때마침 무전기에서 울리는 목소리에 다들 침을 꿀꺽 삼켰다.

그리고 천천히 내려오는 안당의 모습에 고개를 90도로 푹 숙였다.

"어서 오십시오, 어르신!"

안당은 안으로 들어와서는 천천히 주변을 둘러보았다. 그리고 작게 말했다.

"그래서 광진만이 지명이 누구고?"

"광진만요?"

"네."

광진만의 지명으로 나온 여자는 서가연과 스타일이 상당히 비슷했다. 자기 취향이라는 뜻이다.

"어떤 사람인지 알고 싶습니다."

"그게……."

다른 손님에 대해서 말하는 게 조심스러운지, 그녀는 노형진에게 대답하는 대신 잠깐 옆에 있는 안당을 바라보았다.

하지만 안당은 곰방대를 피우면서 모른 척할 뿐이었다.

결국 그녀는 어쩔 수 없이 입을 열었다.

"순정파는 아니에요."

"그런 걸 원한 게 아닙니다. 그의 성격이나 버릇 같은 거요. 아니면 최근에 바뀐 게 있다거나."

"그러고 보니 요즘 감정적으로 상당히 불안정해진 것 같아요."

"불안정?"

"네. 술에 취하면 횡설수설을 많이 해요. 사랑한다는 둥, 그랬다가 갑자기 너 죽여 버리겠다고 하는 둥……."

"전에는 어땠나요? 전에도 그랬나요?"

"좀 고압적이고 그런 편이기는 하지만 불안정하다는 느낌은 없었어요. 그러고 보니 요즘은 한번 술을 마시기 시작하면 거의 끝장을 보는 편이더라고요."

"끝장?"

"네, 아무래도 2차라는 게 있으니까……."

남자가 술을 너무 많이 마시면 성 접대도 받지 못한다.

그래서 대부분 접대받을 때는 적당하게 마시는 것이 보통이다.

"그런데 요즘은 그렇지가 않아요."

일단 마시기 시작하면 양주 깐 건 그대로 다 마시고, 추가로 한 병 더 시켜서 마시기까지 한다는 것.

그리고 인사불성이 되어서 올라간다는 것이다.

"그러다 보니……."

"아, 무슨 말씀을 하시는지 알 것 같습니다."

노형진은 고개를 끄덕거렸다.

그 상황에서 정상적인 관계가 맺어질 리 없다.

"그리고 일전에는 올라가자마자 갑자기 제 뺨을 때리더라고요."

"뺨을요?"

"네. 갑자기 때려서 놀랐어요. 네가 나한테 그러면 안 된다고 하면서……."

아마도 술에 취해서 그녀와 서가연을 헷갈린 모양이었다. 비슷한 스타일이니까.

"그거 말고 다른 건 없나요?"

"네."

"알겠습니다."

노형진은 고개를 끄덕거렸다.

그녀는 조심스럽게 인사를 하고 바깥으로 나갔다.

"고작 그거 물어보려고 날 부른 게냐?"

"하하하."

"고얀 놈."

안당은 곰방대를 뻐끔거리면서 노형진을 바라보았다.

"그 광진만이라는 놈이 문제냐?"

"아무래도 살인을 한 것 같아서요."

"살인?"

"네."

노형진은 간략하게 사건을 설명했다.

안당은 혀를 끌끌 찼다.

"나이 먹고 뭐 하는 짓인지."

"나이 먹고 어르신처럼 멀쩡하게 지내는 분, 생각보다 많지 않습니다."

"내 나이가 어때서?"

"은퇴하실 나이잖습니까?"

"네놈이 받아 줘야 은퇴를 하지."

"전 능력 안 됩니다."

"안 되긴. 뻔하게 아는데."

다시 한번 혀를 끌끌 찬 그녀는 다시 곰방대를 물었다.

"이제 어쩔 거냐? 보아하니 그놈이 범인인 것 같은데."

"저도 그렇게 보이네요."

광진만은 자신을 감추고 서가연에게 복수하기 위해서 홍태섭을 이용한 것이 분명했다.

애초에 목적이 그녀를 죽이려던 건지 아니면 그냥 겁을 주려던 건지는 알 수 없다.

하지만 불이 커지면서 통제를 벗어나 사망자가 발생했다.

'정상적인 상황이라면 일이 이렇게 커지지 않았을 테니 말이야.'

하지만 이미 사건은 벌어졌고, 자신이 저지른 죄가 있으니 두려움에 떠는 것이리라.

"고얀 놈 같으니라고."

안당은 노형진의 설명에 눈을 찌푸렸다.

여자가 마음을 받아 주지 않는다고 불을 지르는 놈이 교수라니.

"그놈, 내가 처리해 줄까?"

"무서운 소리 마세요."

"누가 죽인다고 했나? 그냥 세상에 발 못 붙이게 한다는 거지."

"진실이 드러나면 어차피 그렇게 될 겁니다."

자기 손녀뻘 여자가 마음을 받아 주지 않는다고 앙심을 품고 일을 벌여 다섯 명 이상 사람을 죽게 한 놈을 받아 줄 곳은 없다.

"하지만 어떻게 하려고? 그냥 순순히 자수할 놈은 아닌 것 같은데."

그런 놈이라면 애초에 이런 일을 저지르지도 않았을 것이다.

"그건 제게 방법이 있습니다."

"그러면 네가 알아서 하든가."

안당은 느긋하게 다시 곰방대를 물었다.

노형진이 노리는 이상 그의 미래는 결정된 것이나 마찬가지이기 때문이다.

"난 굿이나 보고 떡이나 먹어야겠구먼."

그녀는 재미있는 구경거리를 발견한 것처럼 입가에 미소를 띠고 있었다.

인간이 도구라면 너 역시 도구다

"역시나 촬영된 영상은 없어."

주변을 이 잡듯이 뒤졌지만 촬영된 영상은 없었다.

이미 시간이 많이 지난 데다 워낙 확실한 증거가 있어서 경찰이 주변 영상 확보에 신경을 쓰지 않았기 때문이다.

"거기에 있었다는 걸 증명하는 건 불가능할 것 같은데."

"그렇겠지."

1심에서 3심까지 가는 데 걸리는 시간은 절대로 짧지 않다. 그러니 관련 증거가 남아 있을 리 없다.

"홍태섭 씨 상태는 어때?"

"안 좋지, 뭐."

정신지체인 그가 구치소에서 멀쩡한 생활을 할 수 있을 리 없다.

　노형진이 태양을 대신해서 구속적부심을 신청해 일단 풀려나기는 했지만, 심각한 정신적 피해를 입어서 매일같이 울고 자지러지는 등 정상적인 활동을 하지 못하고 있었다.

　"내부에서 린치를 많이 당한 모양이야."

　"미친놈들."

　도대체 뭐가 아쉬워서 장애인을 린치한 건지 이해가 가지 않는다.

　그리고 그걸 놔둔 교도관들도 이해가 가지 않고.

　"일단 지금이야 풀려나 있다고 하지만, 어쩔 거야? 이대로는 구치소가 아니라 교도소로 넘어갈 것 같은데."

　"흠……."

　"전처럼 협박이나 위협을 해 볼까?"

　"글쎄……."

　물론 진짜로 뭔가를 아는 것처럼 협박하는 것도 방법이기는 하다.

　몇 번 그런 식으로 성공하기도 했고.

　"이번은 좀 쉽지 않을 것 같은데. 아무리 그래도 대학교수야. 그런 속임수에 넘어올 것 같지는 않아."

　"그런가."

　"그동안 여러모로 조사했지만 광진만의 행동이 나온 건 아니잖아? 우리가 예상하는 것도 결국 예상일 뿐이지 증거가 있는 것도 아니고."

"그러면 넌 광진만이 단순한 협박에는 꿈쩍도 하지 않을 거라는 거야?"

노형진은 손채림의 말에 고개를 끄덕거렸다.

광진만은 자신과 전혀 상관없는 사람을 도구로 이용할 만큼 똑똑한 놈이다.

지능이 낮은 홍태섭은 그가 누군지조차도 기억하지 못한다.

그러니 지금에 와서 그를 들이민다고 해도 재판부에서 인정하지 않을 것이다.

"그런 녀석이 네가 했다는 증거가 있으니 돈 내놓으라고 협박한다고 해서 움직이지는 않을걸. 분명히 일단 증거를 확인하고 나서 움직일 거야."

협박을 통해 약점을 잡는 것은 상대방이 실수하는 것을 노리기 위함이다.

하지만 광진만 같은 타입의 인간은 의심이 많아서 실수하지 않는다.

정확히는, 누군가에게 협박을 당해도 경거망동하지 않는 것이다.

"아마도 협박에 대응하기 위해 증거부터 요구하겠지."

"그런가?"

"그래. 그 녀석이 범죄를 저지를 때 그런 걸 남겨 놨다고 생각하기는 힘들어."

"하지만 라이터를 흘렸잖아."

"그건 어디서나 주워 올 수 있는 거니까."

홍태섭에게 준 건 어디서나 주울 수 있는 홍보용 라이터다. 그러니 광진만이 준 거라는 증거는 어디에도 없다.

"더군다나 홍태섭은 카메라 녹화 범위 바깥에서 박스를 가지고 왔어. 그건 광진만이 카메라의 반경을 감안하고 있었다는 소리지."

"뭐? 그러면 뭐야? 그것도 알고 있었다는 거야?"

"그래. 아마도 사전 작업을 하기 위해 왔다가 홍태섭을 발견했겠지."

아마도 처음에는 자신이 직접 불을 지르거나 다른 방식으로 복수를 하려고 했을 것이다.

그러나 서가연의 집 근처에 갔을 때 홍태섭을 발견했을 테고, 그는 머리를 굴렸을 것이다.

자신이 안전하게 복수할 수 있는 방법을 찾아서 말이다.

"홍태섭은 감옥에도 갈 리도 없고 광진만에 대해 증언을 하기에도 지능이 부족하지. 설사 한다고 해도 정확한 증거도 없이 교수를, 그것도 국제대 교수를 지목할 수 있을 리 없고."

"하지만 홍태섭이 그렇게 쉽게 넘어올 줄 어떻게 알았을까?"

"지능이 10세 이하라고 했잖아. 적당하게 잘해 주면 잘 모르니까."

"하긴."

그리고 그의 예상대로 홍태섭은 단순히 장난이라 생각하고 받아들였다.

그러나 그 이후에 제대로 기억도 못 할 테고 말이다.

"그 나이 때의 정신적 연령을 가지고 신분증을 요구하겠어, 뭐 하겠어?"

결국 적당하게 과자와 장난감을 사 주면서 호감을 얻으면 그 후에는 시키는 대로 할 것이다.

"그리고 이제 와서는 그걸 증명할 수도 없고."

"그러면 어쩌지? 이제 와서 물어볼 수도 없는 노릇이고."

물어본다고 한들 인정할 리도 없고, 이미 거리의 CCTV는 삭제된 후다.

설사 삭제되지 않았다 해도 노형진의 예상이 맞는다면 아마도 동선을 조사해 자신의 모습을 감추려고 노력했을 것이다.

"그래서 고민을 좀 해 봤지. 아예 다른 쪽으로 한번 생각해 보면 어떨까?"

"다른 쪽? 어떤 거?"

"박스 말이야."

"박스? 불 피울 때 쓴 거 말이야?"

"그래, 그거."

"그게 왜?"

"너도 동영상 봤잖아. 카메라 바깥에서 박스를 가져다 나르던 거. 그런데 너, 돌아다니면서 그 정도의 박스가 무방비하게 그냥 쌓여 있는 거 봤어?"

"아니."

경기가 나빠지고 나서 박스를 주워서 생계를 유지하는 사람들이 많아지자 당연하게도 경쟁도 심해졌다.

당연히 그 정도 되는 박스가 길바닥에 쌓여 있는데 다른 사람들이 가만히 두고 볼 리 없다.

"그렇다면 홍태섭이 그 박스를 나를 때, 누군가 그걸 지켰다는 거네?"

"그렇지."

"아하!"

불을 지른 시간은 한낮이다. 그러니 그 모습을 누군가 봤다면 증인이 있을 수도 있다.

"두 번째 이상한 점. 박스가 여기저기 방치되지 않는다는 건, 의외로 박스가 쉽게 구할 수 없는 물건이라는 뜻이야."

"응?"

"자, 박스가 필요한 상황이 왔어. 너 같으면 박스를 어디 가서 구해 오겠어?"

"그거야······."

노형진의 말에 손채림은 고개를 갸웃했다.

만일 자신이 박스를 구해야 한다면 어떻게 할까?

과거에 폐지를 줍는 사람들이 적었을 때는 근처 가게에 부탁하면 되었다.

하지만 지금은 그렇지도 않다.

가게에서 자체적으로 폐지를 파는 경우도 많아졌고, 상인들도 폐지를 주워 가는 사람들이 생계를 위해 그런다는 걸 알기 때문에 특별한 경우가 아니면 그런 사람들에게 넘겨주곤 한다.

"음…… 그리고 보니 요즘은 택배 보낼 때도 박스를 사 오는구나."

"그렇지. 그런데 택배를 보내는 게 아니라면?"

"보관 같은 거 할 때?"

"그래."

"그거야……."

보관하거나 짐을 쌓거나 하는 박스를 모두 사 올 수는 없다.

그렇다고 외부에서 사 오자니 박스를 파는 곳이 많은 것도 아니고…….

"보통은…… 마트에서 주워 오지."

"그래, 마트에서 주워 오지. 하지만 그러기에는 너무 양이 많잖아?"

"그건 그렇지."

한두 개 정도도 아니고 입구를 가로막을 정도로 많은 박스를 구하려고 한다면 마트에서 제지할 수밖에 없다.

일반적으로 마트에서 박스를 비치하는 것은 고객들의 포장을 돕기 위해서지 남에게 박스를 기증하기 위해서가 아니다.

만일 그걸 방치했다면 아마 벌써 사람들이 박스를 마트에서 주워다 팔았을 것이다.

즉, 마트 측에서도 한두 개 정도 여벌로 가지고 가는 것이면 몰라도 빌라의 입구를 막을 정도로 수십 개를 가지고 가도록 그냥 놔두지는 않을 거라는 거다.

"그러면 어디서 구하지?"

손채림은 눈을 찌푸렸다.

아무리 생각해도 저 정도 양의 박스를 구하는 것은 쉬운 게 아니었기 때문이다.

"사는 거지."

"산다고?"

"그래."

"하지만 요즘 누가 저런 걸 판다고? 파는 사람이 없잖아? 이사 업체들도 요즘은 다 자기 박스를 가지고 다닌다고."

"알아. 하지만 여전히 박스가 필요한 사람이 있고, 그걸 파는 사람이 있어."

"인터넷?"

"아니."

노형진은 고개를 흔들었다.

박스를 저렇게 쌓아 두고 파는 곳은 단 한 곳뿐이다.

"누군가 박스를 주워서 팔아서 생계를 이어 간다면, 누군가는 그걸 사지 않겠어?"

"아!"

손채림은 노형진이 누구를 말하는지 바로 알아들었다.

"고물상!"

"그래."

고물상이라면 어쩌면 광진만을 기억하고 있을지도 모른다.

"한번 주변을 찾아보자고."

어쩌면 전혀 생각하지 못한 곳에서 생로가 열릴지도 모른다.

⚖️

근처에는 몇 곳의 고물상이 있었다.

그러나 대부분의 고물상들은 그런 사실에 대해 전혀 기억하지 못하고 있었다.

그러던 중 한 고물상 주인이 어렴풋하게 누군가를 떠올려 냈다.

"박스를 사 갔던 사람요?"

"네."

"뭐, 많은 건 아닌데, 아예 없는 것도 아닌지라……."

"양복을 입은 초로의 남자일 겁니다. 차는 외제 차를 끌고요. 박스도 많이 사 갔을 겁니다."

"양복? 아하! 그 사람!"

양복이라는 말에 뭔가 생각난 듯 손바닥을 딱 치는 고물상 주인.

"기억하시나요?"

"기억하지요, 특이했으니까."

"특이했어요?"

"네. 일단 박스 구입량도 많았고, 여기에 박스를 사러 양복을 입고 온 것도 이상했으니까."

그의 말에 따르면 여기에서 박스를 사 가는 사람들은 보통 이사 같은 이유로 인해 뭔가를 포장해야 하는 이들이다.

그러니 양복을 입고 구두까지 신고 오지는 않는다.

"그런데 그러고 왔더라고. 거기에다가 가지고 간 양도 적지 않았고."

"얼마나 되죠?"

"한…… 서른 개 넘지? 이삿짐을 싸나 했는데."

서른 개쯤이면 빌라의 입구를 막을 수 있을 정도의 양이다.

노형진은 정신이 번쩍 들었다.

"거기에다 그 인간, 맞아, 차도 비싼 차를 타고 왔단 말이지."

"뭐였는데요?"

"B사 모델이었어. 세상에, 그런 거에 박스를 실어 가는 인간이 어디에 있어?"

"박스를 차에 실었다고요?"

"그랬지. 그 많은 걸 싣느라 얼마나 고생했다고. 승용차에 박스 서른 개가 들어가겠어?"

고개를 절레절레 흔드는 고물상 주인.

트렁크뿐만 아니라 뒷좌석과 옆자리에까지 박스를 그득하게 실어서 가지고 갔다는 것이다.

"혹시 그 사람, 결제는 어떻게 했나요?"

"현금으로 했지. 그게 얼마나 된다고."

일반적으로 고물상에서 사는 박스의 가격은 500원 선.

그렇다면 서른 개라고 해 봐야 고작 1만 5천 원이다. 그걸 카드로 계산했을 리는 없다.

"그러면 그 당시 상황을 촬영한 건 있나요?"

힐끗 천장을 바라보는 노형진.

거기에는 분명히 촬영용 CCTV가 달려 있었다.

하지만 역시나 고물상 주인은 고개를 흔들었다.

"그때가 얼마나 오래전인데. 그게 그대로 있을 리 없지."

"끄응······."

카메라가 있기는 하지만 자동으로 계속 덮어쓰는 식으로 되어 있는 형식이란다.

즉, 모조리 지워졌다는 뜻이다.

'젠장, 조금만 더 빨랐어도.'

단순 삭제라면 그걸 복구하는 전문가에게 맡겨서 영상을 복구할 수 있다.

하지만 이런 식으로 계속 덮어쓴다면 아무리 복구 전문가라고 할지라도 불가능하다.

그래서 최고급 하드 폐기 프로그램은 단순히 삭제하는 게 아니라 거기에 쓸데없는 정보를 여러 번 덮어쓰고 삭제하기를 반복한 후에 하드를 폐기한다.

혹시나 바깥에서 복구할까 봐 그렇게 하는 것이다.

'하지만 방법이 없는 건 아니지.'

지금 가서 영상 운운하면 그는 의심을 할 것이다. 그리고 증거를 요구할 게 뻔했다.

"그러면 증언을 부탁해도 될까요?"

"증언?"

"네."

"에헤, 그건 좀……."

귀찮은 기색이 역력한 고물상 주인.

그렇게 법원에 가서 증언하는 게 얼마나 귀찮은 일인지 익히 아는 모양이었다.

"내가 전에 얼마나 경을 쳤는데."

"경?"

"고생했다고."

단순 고물인 줄 알고 받았는데 알고 보니 절도품이었던 것이다.

도둑이 훔치긴 했는데 오래되고 비싸 보이지도 않아서 고물상에 넘긴 물건이 무려 780만 원짜리 골동품이었던 것.

"보상해 드릴게요."

"보상?"

"네. 증언해 주시면 보상해 드리지요."

"흠……."

주인은 약간 고민하는 얼굴이 되었다.

"얼마?"

슬쩍 대가를 물어보는 그의 말에, 노형진은 씨익 미소를 지었다.

"뭐? 현조 건조물 방화 치사?"

광진만은 손이 부들부들 떨렸다.

자신에 대한 고발.

그 고발이 진행되어 경찰이 소환장을 보낸 것이다.

'그걸 누가 본 걸까? 아니야, 그럴 리 없는데.'

분명히 그날 몇 번이나 주변을 확인했다.

주변에 아무도 없었고, 자신을 의심할 만한 사람도 없었다.

'뭔가 있었던 걸까? 그럴 리 없어. 내가 얼마나 조심했는데.'

자신을 거절한 괘씸한 제자에게 겁주려고 시작했던 일이다. 그런데 일이 그렇게 커질 줄 몰랐던 광진만이다.

설마 불이 다른 곳으로 옮겨붙을 줄은 꿈에도 몰랐던 것이다.

다행히 자신의 존재를 감추려고 노력한 덕분에 자신이 현장에 있었다는 사실이 드러나지는 않았지만…….

'젠장…… 그럴 리 없어! 그럴 리가…….'

자신이 그동안 얼마나 마음고생을 했던가.

혹시나 경찰이 알아차리지 않을까, 혹시나 서가연이 알아차리지 않을까 하는 생각을 했다.

하지만 다행히 모든 죄는 그가 계획한 대로 멍청한 병신 녀석이 뒤집어썼다.

그런데 자신이 고발당하다니?

'이건 뭔가 잘못된 거야! 이건 뭔가…….'

그는 머리를 흔들면서 자신에게 소환장을 보낸 경찰서로 향했다.

"아이고, 교수님."

그가 출두하자 바깥으로 나와서 고개를 팍 숙이는 남자.

이 경찰서의 부서장이었다.

그런 그의 행동을 보면서 광진만은 속으로 안도의 한숨을 내쉬었다.

'그렇지. 뭘 알 리 없지.'

자신의 실수에 대해 경찰이 알고 있다면 이렇게 부서장이 나와서 자신에게 굽신거릴 리 없다.

"이게 무슨 일인가?"

"죄송합니다, 헤헤헤. 고생이 많으시지요?"

"어떤 미친놈이 고발한 거야? 자네 선에서 적당히 처리하면 되는 거잖아?"

"그게, 저도 그럴 수가 없는 게……."

"그거 제가 한 겁니다."

뒤쪽에서 들리는 목소리에 고개를 돌려 보니 한 남자가 서 있었다.

다름 아닌 노형진이었다.

그는 광진만을 비웃는 듯한 표정으로 당당하게 서 있었다.

"넌 뭐야?"

"홍태섭 씨 변호인입니다."

"홍태섭?"

순간 광진만은 움찔했지만 애써 태연하게 모른 척했다.

"그놈이 누군데? 난 몰라."

"몰라요? 당신이 박스를 날라다 주고 거기에다 불 지르라고 라이터까지 쥐어 줬잖습니까?"

"내가 언제?"

"한 1년 전쯤에요."

"난 모르는 일이야."

태연하게 딱 잡아떼는 그를 보면서 노형진은 혀를 끌끌 찼다.

"역시 만만한 놈이 아니군."

차라리 증거를 없애려고 뛰어다니기 시작한다면 자신이 더 편하다.

하지만 그러지 않고 저렇게 당당하게 모른 척한다는 건,

이미 증거를 모조리 없앴다는 뜻이다.

"서가연 씨에게 찝쩍거리다가 거절당하니까 보복하려고 그런 거잖아요?"

"이놈이 어디서 생사람을 잡아?"

광진만은 속으로 떨렸지만 애써 마음을 진정시키면서 딱 잡아뗐다.

증거가 있을 리 없다. 증거가 있었다면 벌써 자신에게 뭐가 진행되었어야 한다.

더군다나 자신이 얼마나 깔끔하게 일을 처리했는데.

증거를 흘리고 다닐 만큼 실수한 적도 없다.

"그건 증거가 말해 주겠죠."

"흥, 증거가 어디 있다고."

코웃음을 치던 그는 순간 아차 했다.

마치 범행 사실을 인정하는 것 같은 말 아닌가.

그러나 이제 와서 말을 바꿀 수는 없는 노릇.

"그 증거라는 것 좀 보자. 그래 봤자 조작된 증거일 테지만."

"그건 평소에도 충분히 보셨잖아요?"

"뭐?"

"아, 그 전에 한 가지만 여쭤볼게요. 혹시 차에 박스 가지고 다니신 적 있습니까?"

"뭐? 박스?"

"네."

"내가 그딴 걸 왜 가지고 다녀?"

자신은 교수다. 그런 걸 차에 싣고 다닐 이유가 없다.

짐을 옮길 일이 있으면 아랫사람들을 동원하면 되는데 왜 차에 박스를 싣고 다니겠는가?

"진짜로 없어요?"

"그래, 없다."

"그렇군요."

노형진은 고개를 끄덕거렸다.

그러자 노형진의 뒤에서 한 남자가 나타났다.

"검찰입니다."

"검찰?"

"네. 지금 타고 오신 차량에 박스를 실으신 적이 없다는 거죠?"

"그걸 왜……?"

변호사와 검찰은 전혀 다르다.

그 때문에 광진만은 잔뜩 주눅이 든 표정이 되었다.

그런 그에게 검사는 뭔가를 내밀었다.

"영장?"

"네, 영장입니다. 증거조사를 위해 차량을 압수하겠습니다."

무슨 어이없는 소리인가 하고 피식 웃으려던 광진만의 얼굴이 갑자기 사색이 되었다.

저 차에, 진짜로 박스를 실었던 기억이 떠오른 것이다.

"자, 어디 한번 증거가 있는지 두고 볼까요?"

노형진은 얼굴색이 변하는 그를 보고 미소를 지었다.

⚖️

"소용없다고?"

"그래."

노형진은 어깨를 으쓱했다.

검사를 하면 분명히 박스 조각이 나올 것이다. 그렇게 생각하고 고발했다.

하지만 정작 그게 효과는 없을 거라는 게 노형진의 생각이었다.

"아니, 어째서? 증언이 나왔고 또 관련 증거도 나왔으니 당연히 범죄가 성립되는 거 아냐?"

"이런 상황은 정황증거만 가득한 거거든."

"정황증거?"

"그래. 의심은 가지만 명확한 증거는 없잖아."

정황증거란 정황상 이게 성립될 가능성이 높은 것을 말한다.

문제는, '정황상'이라는 것은 말 그대로 상황이 의심스럽다는 것일 뿐이다.

당장 광진만이 그러고 보니 자신의 차량에 전에 박스를 실은 적이 있었다고 한마디만 추가하면 중간에 증거 하나가 쑥

빠진다.

"하지만 다른 증언들이 있잖아? 그가 서가연에게 찝쩍대거나 박스를 샀다는 증언 말이야."

"서가연에게 집적거린 것은 도의적인 문제지 범죄는 아니야. 그리고 고물상 주인의 증언도, 신빙성을 들고나오면 문제가 될 테고."

아무래도 사람들은 자리를 보면서 사람을 판단한다.

고물상 주인과 대학교수 중에서 선택하라고 하면 당연히 사람들은 대학교수를 선택할 것이다.

"정황증거만으로는 아무래도 공격하는 데 한계가 있지."

"그러면 무슨 의미가 있는 거야?"

"전면에 나타났다는 것."

지금까지 광진만이라는 존재는 완전히 지워져 있었다.

하지만 지금은 아니다.

광진만이라는 존재가 드러났고, 그가 진범이라는 정황상의 증거도 있다.

그의 존재 자체가 홍태섭이 무죄가 될 거라는 가능성이었다.

"아무래도 그러면 변론 자체도 방식이 달라져야겠지."

"그래도 결국은 광진만을 무너트려야 하잖아?"

그러지 않으면 홍태섭에게 무죄가 나올 가능성은 낮다.

정신장애 때문에 처벌이야 받지 않겠지만 사실상 그와 그의 가족은 민사 때문에 파멸하게 될 것이다.

"중요한 건 광진만의 불안감을 자극하는 거야."

"뭐?"

"광진만이 그렇게 느긋했던 이유가 뭐라고 생각해?"

"글쎄."

"그건 자신이 증거를 흘리지 않았다고 확신했기 때문이야."

"그런데?"

"하지만 그 확신이 무너졌지."

노형진은 씩 웃으며 말했다.

"다른 증거가 없으라는 보장은 없잖아?"

"아하!"

다른 증거가 있다면 광진만은 부담을 느끼지 않을 수가 없다.

그리고 그 증거를 없애기 위해 노력할 게 뻔했다.

"자신에 대한 믿음이 사라졌다는 소리구나?"

"그래."

스스로에게 자신이 있는 사람이라면 당연히 남이 뭐라고 하든 신경도 쓰지 않는다.

하지만 차에서 박스의 흔적이 하나라도 발견된다면 그는 자신의 실수에 대해 곱씹게 될 것이다.

"경찰이 왜 범인은 현장을 다시 찾는다고 하는지 알아?"

"증거 때문이지."

"맞아."

고개를 끄덕거리는 노형진.

"혹시나 자신이 모르는 사이 증거를 흘리기라도 한 건 아닌지 불안할 수밖에 없어. 그게 인간이야. 도둑이 제 발 저린다는 말은 그냥 생긴 말이 아니거든."

그런데 광진만은 자신에 대한 확신이 있었다. 그래서 증거를 흘리지 않았다고 확신해 왔다.

하지만 그러한 믿음이 깨지기 시작하면 광진만은 어쩔 수 없이 자신의 행동을 곱씹어야 한다.

"그리고 그럴수록 불안감은 점점 더 커져 가지."

"협박하고는 다르구나."

"좀 다르지."

협박은 이미 가지고 있는 불안감을 이용하는 것이다.

하지만 이번에는 없는 불안감을 만들어 내는 것이 우선이었다.

그의 자가용이 바로 키워드였고 말이다.

"너 진짜 무섭다."

손채림은 노형진의 작전에 혀를 내둘렀다.

불안감이 전혀 없으리라 충분히 예상하고, 먼저 그 불안감을 심는 것부터 계획하다니.

"하지만 불안감이 있든 없든, 증거가 없잖아."

"보통은 그렇지. 평범한 CCTV라면 관련 영상은 이미 다 사라졌을 테고."

"그런데 무슨 증거가 있다는 거야?"

증거가 없다면 아무리 불안감을 심어 줘 봐야 의미가 없다.

"증거는 만들면 그만이야."

"응?"

"너, 1년 전 오늘 입은 옷, 기억해?"

"뭐?"

뜬금없는 질문에 손채림은 고개를 갸웃했다.

그러나 노형진이 이유 없이 질문을 던질 리는 없으니 애써 그 질문의 답을 생각해 보려고 했다.

하지만 이내 고개를 흔들어야 했다.

"아니."

1년 전 오늘 입었던 옷을 기억하는 사람은 거의 없다.

물론 특별히 중요한 날이었다거나 특정 어떤 옷을 입어야 하는 날이었다면 기억하겠지만, 그렇지 않다면 그걸 기억하는 게 비정상이다.

"그건 광진만도 마찬가지일걸. 그러고 보니 광진만 그 인간, 경찰서장이랑 무척 친해 보이지 않았어?"

노형진의 뜬금없는 말에 손채림은 고개를 갸웃할 수밖에 없었다.

⚖️

광진만은 전화기 너머에서 들려오는 목소리에 정신이 아

득해졌다.

"증거요? 동영상이라고요?"

—네, 그쪽에서 증거로 동영상을 냈습니다.

'그럴 리가……. 그건 불가능해. 그런 게 지금까지 남아 있을 리 없잖아!'

사건이 벌어진 지 이제 1년이 다 되어 간다.

당연히 동영상을 찍었을 만한 CCTV 같은 건 이미 삭제되었어야 정상이다.

설사 공용 CCTV가 아니라고 해도, 이 정도로 시간이 흘렀으면 모두 사라졌어야 정상이 아닌가?

'그럴 리 없어. 그럴 리가…….'

광진만은 애써 마음을 진정시키면서 모르는 척 물었다.

"어이가 없군요. 그래, 무슨 동영상이던가요? 제가 뭐, 불이라도 질렀답니까?"

—그게…….

"말해 봐요. 어이가 없어서 진짜."

—홍태섭에게 박스를 넘겨주는 모습입니다.

"박스?"

—네, 박스와 라이터를…….

광진만의 손이 부들부들 떨렸다.

자신이 방화를 교사했다는 확실한 증거. 그게 갑자기 튀어나온 것이다.

"그럴 리 없습니다."

―네?

"아니, 아닙니다. 그런 말도 안 되는 짓을 제가 할 리 없지 않습니까?"

―그건 그런데…… 아무리 봐도 교수님입니다. 상대방은 홍태섭이 맞고요.

'도대체 어디서……?'

말도 안 된다.

그 근처에 CCTV가 없다는 것은 몇 번이나 확인했다. 그런데 난데없이 동영상이라니?

"도대체 뭘로 그런 걸 찍은 거랍니까?"

―그게, 차량 블랙박스랍니다.

"차량 블랙박스요?"

―네.

광진만은 정신이 아득했다.

'그러고 보니……'

설정마다 다르기는 하지만 차량용 블랙박스는 충격이 없으면 녹화되지 않는다.

당연히 과거의 촬영분이 남아 있을 수 있다.

물론 자신이 차량에 충격을 준 건 아니지만 홍태섭이 박스를 나르다가 차량에 몇 번 부딪혔을 수도 있다.

그렇다면 자신이 찍혀 있는 것도 이상한 게 아니다.

그리고 차주가 차량을 오래 세워 두거나 조심해서 끌고 다니는 타입이라면 블랙박스에서 영상이 나올 수도 있다.

'이런 싯팔.'

광진만은 손이 바들바들 떨렸다.

그 말이 사실이라면 자신은 빼도 박도 못하고 범죄자가 된다.

"알겠습니다. 어이가 없네요. 뭐, 알아서 잘 조사할 거라 생각합니다. 그리고 그것 좀 보내 줘 봐요."

그는 그렇게 말하고 전화를 끊었다.

하지만 바들바들 떨리는 손은 주체할 수가 없었다.

"큭, 빌어먹을."

전혀 예상하지 못한 부분에서 증거가 튀어나왔다.

그런 게 있었다는 사실을 알았다면 자신이 그냥 뒀을 리 없다. 그 차를 사든가, 적당히 처리했겠지.

띠링!

메일이 왔다는 신호가 오자 그는 서둘러 첨부 파일을 열었다.

그러자 영상을 캡처 한 듯한 사진이 나타났다.

"싯팔……."

자신은 뒷모습이 주로 보일 뿐 앞모습은 잘 보이지 않았다.

기껏해야 옆모습이었지만, 그 맞은편에 있는 이는 홍태섭이 확실했다.

그는 광진만이 넘겨주는 박스를 받아서 건물로 향했다.

"크윽……."

자신이 아니라고 주장하고 싶지만 화면 속의 남자는 자신과 너무 흡사했다.

　반백의 머리에 옷, 키까지, 모든 게 다 비슷했다.

　이러면 자신이 아니라고 부정할 수도 없다.

　"염병할!"

　광진만은 이를 빠득빠득 갈았다.

　그렇다고 이제 와서 저걸 지울 수는 없는 노릇.

　"망할 새끼. 그래서 자신이 있었던 거군."

　노형진을 만났을 때 그는 자신 있는 얼굴로 자신을 깔봤다.

　처음에는 비웃었지만, 이런 확실한 증거를 가지고 있다면 자신만만할 수밖에 없다.

　"염병할……."

　광진만은 사태를 해결하기 위해 머리를 부여잡았다.

　하지만 이미 영상은 저쪽에 넘어간 상황. 그렇다면 방법은 하나뿐이다.

　바로 영상을 가지고 있던 사람, 그러니까 차주가 나서서 조작된 영상이라고 이야기해 주는 것.

　그러면 증거로서의 효력이 사라진다.

　'차주가…….'

　다행히 부서장이 보내는 메일 내에는 차주에 대한 정보가 같이 있었다. 그걸 본 그는 눈을 반짝거렸다.

"얼마요?"

"그게 조작된 거라고 인정해 주신다면 2천만 원을 드리겠습니다."

"2천만요?"

"네."

차 주인인 남자는 침을 꿀꺽 삼켰다.

이미 그의 얼굴에는 숨길 수 없는 욕심이 드러나 있었다.

"하지만 변호사님이 이거…… 위증하면 처벌받는다고 했는데요."

"그거야 위증을 입증할 수 있을 때의 이야기지요. 그냥 조작된 거라고 하시면 됩니다."

차 주인의 눈이 격하게 떨렸다.

그러다가 뭔가 결심이 선 듯한 표정이 되었다. 그리고 조심스럽게 입을 열었다.

"2천으로는 부족합니다. 3천 주세요."

광진만은 눈을 찌푸렸다.

하지만 차 주인은 물러설 기미가 보이지 않았다.

"싫으면 마시든가요. 난 손해 보는 거 없으니까."

"크흠……."

맞는 말이다.

저쪽이 손해 보는 건 없다. 손해는 오직 광진만 자신만이 입을 뿐이다.

그것도 인생 자체가 박살 나는 규모의.

'젠장.'

협상의 여지가 없다는 걸 안 광진만은 눈을 찌푸렸다.

"3천이면 되는 건가요?"

"네."

"그럼 그러지요."

아무리 돈이 중요하다고 한들 자기 인생보다 중요하지는 않다.

그리고 3천 정도라면 자신이 심사하는 기업들에 넌지시 눈치를 주면 알아서 가져다 바치는 돈이다.

"단, 조건이 있습니다. 3천만 원을 현금으로 줄 테니까 그 대신 경찰서에 가서 진술해야 합니다."

"그거야 어렵지 않지요."

광진만은 눈을 반짝였다.

'날 무시해?'

역으로 자신이 조작했다는 사실을 가지고 노형진을 공격하면 그의 인생은 끝날 거라 광진만은 생각했다.

단순히 자신을 방어하는 것을 넘어서 노형진에게 엿을 먹이는 것.

그게 그의 목표였다.

'두고 보자, 노형진.'

그는 노형진에게 한 방 먹일 생각에 주먹을 부들부들 떨었다.

⚖️

"그건 조작된 영상이라니까요."

광진만이 현금으로 돈을 주자 차량의 주인은 진짜로 경찰서에 출두해서 그 영상이 조작된 것이라 주장해 줬다.

"그 말이 사실입니까?"

"네, 사실이에요."

"그걸 조작해 주면 대가를 주겠다고 하던가요?"

"네. 아주 큰 대가를 약속했어요."

"거봐요! 내 말이 그렇다니까!"

"역시 교수님이 그런 행동을 할 리 없지요."

옆에서 부서장은 당연하다는 듯 고개를 끄덕거렸고, 광진만도 함께 고개를 끄덕거렸다.

"어디 사람을 속여서 사기를 치려고 해?"

"그러니까요. 나쁜 놈."

"내가 그 새끼 인생을 시궁창에 처박아 버릴 테니까 두고 보라고!"

광진만은 자신 있게 말했다.

그때 마침 문이 열리면서 노형진이 안으로 들어왔다.

"그래서 누가 그렇게 조작해 달라고 부탁하던가요?"

"저 사람이에요! 저 사람이 그렇게 시켰어요!"

들어오는 노형진을 손가락으로 가리키는 차주의 말에, 광진만은 소리를 버럭 질렀다.

"흥! 이 새끼야! 네가 이러고도 멀쩡할 것 같아? 변호사라는 인간이 증거를 조작해서 사람 인생을 망치려고 덤벼들어? 오냐, 네놈 인생을 내가 끝장내 주마."

"음⋯⋯."

경찰은 약간 곤란한 표정으로 서장을 바라보다가 변호사를 바라봤다.

아무리 그래도 일단 상대방의 의견을 들어야 하기 때문이다.

어찌 되었건 현직 변호사 아닌가?

"이 말이 사실인가요? 증거 조작했습니까?"

"네, 했습니다."

노형진은 순순히 고개를 끄덕거렸다.

"아, 뭐 해! 저 새끼 당장 현행범으로 체포해!"

부서장은 기고만장해져서 언성을 높였다.

그리고 광진만은 얼굴에 흡족한 표정을 떠올렸다.

'네놈의 인생은 끝이다.'

아무리 변호사가 잘났다고 해도 증거를 조작했다면 그의 인생은 끝이기 때문에 광진만은 미소를 지울 수가 없었다.

'어?'

그런데 웃고 있던 그는 뭔가 어색하다는 생각이 들었다.

노형진이 너무 쉽게 인정한 것도 그렇지만, 지금 상황에서조차 웃고 있었기 때문이다.

"일단 증거 조작은 심각한 문제입니다. 거기에다 이건 살인 사건이라……."

"살인 사건요? 금시초문인데요?"

"뭐라고요?"

살인 사건이라는 말에 천연덕스럽게 모른 척하는 노형진.

그러고는 고개를 돌려서 소리를 질렀다.

"들어오세요!"

"응?"

그런데 문이 열리면서 들어온 사람은 다름 아닌 검사였다.

그 역시 웃고 있는데, 손에는 수갑이 딸랑거리고 있었다.

"뭐…… 뭐지?"

갑작스러운 그들의 행동에 경찰도, 광진만도 등골이 오싹해졌다.

그런데 정작 진술한 차주는 왠지 멀쩡한 얼굴이었다.

"제가 살인 사건에 대한 증거 조작을 부탁했나요?"

"전혀요."

"아니, 그게 무슨 말입니까?"

검사에게 한 질문에, 검사는 아니라고 선을 그었다.

그리고 왠지 불안한 마음에 부서장은 그 둘에게 질문을 던질 수밖에 없었다.

"제가 고발한 건 살인이 아니라 부서장의 배임 행위에 대한 건입니다."

"부서장의 배임 행위요?"

"네. 부서장이 수사 관련 정보를 흘리는 것 같아서요."

"뭐요?"

옆에 있던 부서장의 얼굴이 사색이 되었다.

설마 그런 고발이 들어갔을 거라고는 생각도 하지 못했기 때문이다.

"그리고 그걸 입증하기 위해 가짜 정보를 부서장에게 흘렸지요. 조작을 부탁했냐고요? 네, 부탁했습니다. 대가를 약속했냐고요? 네, 약속했지요. 수사의 일환으로 말입니다. 안 그렇습니까?"

"맞습니다. 검찰의 허가를 얻은 정식 수사입니다."

"그, 그럼……."

"위법한 조작이 아니라, 사건을 조사함에 있어서 이루어진 합법적 함정수사입니다."

검사의 말에 부서장의 얼굴이 사색이 되면서 그대로 풀썩 주저앉았다.

설마 자신에게 그런 조사가 이루어지고 있는지는 몰랐던 것이다.

"이건…… 함정이야! 함정수사라고!"

광진만은 일이 틀어졌다는 사실을 알고는 소리를 질렀다.

이대로는 자신이 엮여 들어간다는 것을 알아차린 것이다.

하지만 그렇다고 해서 이 상황에서 벗어날 수는 없었다.

"함정수사 맞지요."

"그건 불법이야!"

"아아, 그건 아닙니다. 함정수사에는 두 가지 종류가 있거든요."

사람들은 함정수사라고 하면 무조건 일단 불법이라고 생각하는 경우가 많다.

하지만 모든 함정수사가 불법인 것은 아니다.

어떤 사람이 범죄를 저지를 생각이 없는데 그걸 할 수밖에 없게 만드는 수사만 불법이다.

가령 술을 마시고 자고 있는 사람을 차를 빼 달라고 불러내서 운전하게 한 다음 음주 운전으로 체포하는 것은 불법인 것이다.

실제로 경찰들이 그런 방식으로 실적을 올리려다가 법원을 통해 불법 판결을 받은 적이 있다.

하지만 범죄를 저지르려고 하는 사람에게 기회를 제공함으로써 다른 피해를 방지하고 그 증거를 모으는 것은 함정수사지만 합법이다.

"즉, 지금 같은 경우는 합법이지요."

가짜 정보를 줬지만 부서장이 광진만에게 이야기하지 않

았다면 문제가 되지 않았을 것이다.

그러나 그는 광진만에게 증거를 넘겨줬을 뿐만 아니라 심지어 증인의 연락처와 주소까지 넘겨줬다.

"현행범입니다. 체포하세요."

부서장이 자신에게 했던 말을 그대로 돌려주는 노형진.

주변에 있던 형사들은 우물쭈물하더니 어쩔 수 없다는 듯 부서장에게 다가갔다.

"서장님, 일단 들어가시죠."

"자, 잠깐……! 이건 아니야! 이건 함정이야! 장 형사, 최 형사…… 이건 함정이라고! 알잖아!"

"들어가세요."

"이건 아니야……. 이건 아니야……."

그가 끝까지 끌려 나가는 것을 거부하려고 하자 뒤에서 고함 소리가 터져 나왔다.

"끝났어, 이 새끼야! 닥치고 꺼져!"

고개를 돌려 보니 서장이 분노에 찬 얼굴로 그를 노려보고 있었다.

사실 그럴 수밖에 없다.

부서장이 사고를 쳤다고 하지만 관리 책임은 서장에게 있으니 그의 승진은 이제 막혀 버린 셈이니까.

"서, 서장님……."

"야! 이 새끼 끌어다가 당장 진술실에 처넣어! 이 새끼는 내가 직접 조진다! 아오, 씨발!"

길길이 날뛰며, 서장은 혼이 나간 부서장을 끌고 진술실로 갔다.

뒤에 남은 노형진은 광진만을 바라보면서 미소 지었다.

"뭐, 저쪽은 그렇다고 치고 당신이 문제네요? 과연 왜 조작된 증거를 보고 당신이 굳이 3천만 원씩 줘 가면서까지 은폐하려고 했을까요?"

"……."

광진만은 할 말이 없었다.

사실상 자신이 조작했다는 명확한 인정을 한 꼴이다. 그러지 않았다면 이럴 이유도 없지 않은가?

"어, 어떻게……?"

"어떻게는요? 당신이 조작이라고 했잖습니까? 당연히 조작이지요."

비슷한 체형의 사람을 찾는 것은 어려운 일이 아니다.

그리고 그 사람에게 가발을 씌우고 광진만이 즐겨 입던 옷과 비슷한 옷을 입힌 뒤 적당히 분장시켜서 옆얼굴을 비슷하게 보이게 하면 조작 준비는 끝.

거기에다 약간의 영상 기술을 사용하면 말 그대로 완벽한 조작 영상이 된다.

"홍태섭은 어차피 구속이 풀려서 우리가 데리고 있으니까……."

그러니 그가 보이도록 한다면 누가 봐도 속아 넘어갈 만한 영상이 완성된다.

물론 그 뒤에서 벌어지는 일은 오로지 상상만으로 만들어지는 모습이었지만, 애석하게도 노형진이 예상한 것과 현실이 너무 맞아떨어졌다.

"자, 왜 돈을 3천만 원이나 줬는지 대답해 보실까요?"

"이런 개새끼, 돈 몇 푼에 사람 인생을 팔아먹어?"

분노에 찬 표정으로 차주를 노려보는 광진만.

하지만 아까와 다르게 차주는 더욱 분노한 표정으로 그를 노려보고 있었다.

"이봐, 네가 그런 말을 하면 안 되지."

검사는 어이없다는 표정으로 광진만에게 다가가서 등 뒤로 손을 돌려서 수갑을 채우며 말했다.

"넌 여자한테 차였다고 불을 내서 다섯 명이나 죽였잖아. 그리고 말이야, 조사하려면 확실하게 해야지."

까드득 소리와 함께 조이는 수갑.

"저 사람 말이야, 네가 지른 불 때문에 부모님을 두 분 다 잃어버린 사람이야. 당연히 집도 잃었지. 너 때문에 모든 것을 다 잃어버린 사람이라고."

광진만은 말문이 턱 막혔다.

노형진은 그런 그에게 다가가서 차갑게 말했다.

"보상? 보상이야 약속했지. 제대로 된 복수. 범인을 잡는 것. 그리고 잃어버린 재산의 복구."

"그게 무슨……?"

"네놈이 범인이니 제대로 잡은 거야. 그리고 네놈은 돈이 있으니 전 재산을 잃어버린 사람들의 피해를 제대로 갚을 수 있겠지. 물론 고통받은 홍태섭의 가족에게도 말이야. 물론 네놈은 땡전 한 푼 남지 않겠지만."

노형진의 말에 자신의 처지를 알아 버린 광진만은 혼이 나간 듯 멍한 표정이 되었다.

노형진은 그런 그를 보면서 빈정거렸다.

"군대에 갔다 와도 대가리가 돌이 되는데, 30년간 감옥에 갔다 오면 과연 머리가 멀쩡할지 두고 보자고."

"흑흑흑."

광진만은 눈물을 흘리며 후회했지만 그의 손에 있는 차가운 수갑은 그가 선택할 수 있는 기회가 이제는 없다는 것을 알려 주고 있었다.

도구의 자격

광진만을 잡았지만 모든 문제가 해결되는 것은 아니었다.

사실 이런 경우는 홍태섭을 이용한 것이 맞지만 문제는, 검찰 입장에서는 그렇게 생각하지 않는다는 것이다.

"아니, 종범이라니 이게 말이 되냐고!"

손채림은 어이가 없어서 말문이 턱 막혔다.

이제 홍태섭의 문제가 해결되었다고 생각했는데 생각지도 못하게 피해자 중 일부가 그걸 막아섰기 때문이다.

"그렇게 쉬우면 얼마나 좋겠니."

노형진은 사건 고소장을 읽고 내려놓으면서 한숨을 쉬었다.

"하지만 피해자 입장에서는 쉽게 풀어 줄 수가 없어."

"속은 거잖아? 그런데 왜 저러는 건데?"

"첫 번째 문제는, 광진만이 혼자 죽지 않으려 한다는 거야."

광진만은 이 모든 범죄가 홍태섭과 함께 짠 거라고 주장하고 있었다.

상식적으로 말이 안 되는 일이지만 어쨌거나 그는 그렇게 주장하고 있었다.

"저런 개소리를 검찰이 들어 줘야 하는 건 아니잖아?"

아무리 검찰이 무능하다고 해도 이 정도의 증거와 증언이 있는데 홍태섭을 고발하지는 않는다.

"하지만 광진만이 고발한 이상 안 할 수가 없어. 그게 법적인 한계야. 고발이 진행되면 어찌 되었건 검찰도 사건은 진행해야 해."

"기각은 안 돼?"

"기각할 수가 없지, 이건 살인 사건이라고. 아무리 검찰이 때로는 자기 마음대로 전횡을 부린다고 하지만 살인 사건까지 그렇게 하는 데에는 한계가 있지."

검사가 할 수 있는 건 기소유예 정도다.

결국 확실하게 홍태섭을 풀어 주는 방법은 법원으로 가서 무죄를 받아 내는 것뿐이다.

"개자식."

"어쩔 수 없지."

광진만은 몰락을 피할 수 없는 상황이다.

사실을 알게 된 학교에서는 그에게 징계를 내렸다. 사실

해직될 수밖에 없는 상황이다.

그리고 진범을 알게 된 피해자들이 그에게 손해배상을 요구하고 있다.

가족들은 당연히 이혼을 요구하고 있었고.

"이 상황에서 광진만에게 남은 것은 결국 돈뿐이야."

"알아. 민사의 피해를 나누려고 하는 거 아냐?"

"그렇지."

광진만이 홍태섭이 종범이라고 주장하는 이유는 간단하다.

어떻게든 홍태섭과 그 가족에게 민사의 피해를 일부 떠넘기기 위해서다.

만일 그렇게 된다면 그의 재산 중 일부는 남길 수 있는 가능성도 존재한다.

"그리고 한국의 문화 특성상, 그가 감옥에 있는 시간은 20년이 안 될 거야. 한 15년쯤 되겠지, 길어 봐야."

"더럽네, 진짜."

그래서 그는 종범으로 홍태섭을 고발했고, 검찰의 입장에서는 그의 진술을 기반으로 수사할 수밖에 없다.

"그렇다고 손해배상을 청구해? 다 알면서? 난 그게 더 용서가 안 된다."

"좋게 생각해. 차라리 우리에게도 명확한 기회가 될 거야."

"기회?"

"그래. 애석하게 인간은 다 착한 게 아니거든."

"뭐? 그게 무슨 소리야?"

"내가 전에 했던 말 기억해? 착해서 가난한 게 아니라 가난하기 때문에 착해질 수밖에 없다."

"네가 확실히 그런 말을 하기는 했지."

"그래."

어찌 되었건 홍태섭이 불을 지른 것은 맞다. 그리고 피해자 중 일부는 그런 그를 고발해서 돈을 뜯어내려고 하는 것이다.

하지만 손채림은 그런 그들의 행동이 도무지 이해가 가지 않았다.

"하지만 이미 사정을 알잖아? 그가 왜 그랬는지도 알고. 그런데 왜 고소한다는 거야?"

"돈."

"돈?"

"그래. 광진만에게 고소해서 돈을 받아 내는 것은 쉬운 일이 아니야."

어차피 광진만은 파멸을 피할 수 없다. 그러니 있는 돈을 닥닥 긁어서 변호사를 사서 대항하려고 하고 있다.

더군다나 이번 사건으로 사망자만 다섯 명에, 이재민은 더 많다.

당연하게도 배상금은 최우선적으로 사망자가 발생한 집으로 갈 것이다.

그 이후에 단순히 화재로 재산을 잃어버린 사람들은 그가 아무리 전 재산을 내놓는다고 해도 충분한 보상을 받을 수는 없다.

"그러면 조금이라도 더 돈을 구할 방법을 찾으려고 하지."

"그게 홍태섭이라는 거야?"

"그래."

물론 전부 다 그런 것은 아니다.

하지만 피해자 가족 중 두 가족이 그런 이야기를 꺼냈고 실제로 그런 행동을 할 준비를 하고 있었다.

"다른 사람이 말려도 안 듣는 모양이야."

"끄응……."

"돈만 구할 수 있다면 어차피 볼 사람들이 아니니까."

이미 빌라는 불에 탔고, 이곳을 떠나는 수밖에 없다.

그러니 그들은 기왕 이곳을 뜨게 된 이상 한 푼이라도 더 뜯어내자는 생각으로 덤비는 모양이었다.

"더러운 새끼들."

손채림은 이를 빠드득 갈았다.

정작 광진만에게는 제대로 덤비지도 못하는 놈들이 홍태섭의 가족을 물어뜯기 위해 달려들다니.

"어찌 되었건 난 차라리 잘된 거라고 생각해. 더 이상 민사 이야기가 안 나오게 못을 박아 버리는 게 훨씬 나을 수도 있어."

여기서 그냥 일단 덮고 넘어가면 3년간 저들이 언제든 고발할 수 있다.

지금이야 모르지만 사람 마음이야 나중에 변할 수도 있으니까.

그러니 차라리 무죄를 받아 두는 게 훨씬 유리하다.

3년 후까지 자신들이 사건을 맡아 줄 수 있을지는 확실하지 않으니까.

"그러니 좋게 생각하라고."

"이놈이나 저놈이나……."

"인간의 욕심은 끝이 없다고 하잖아."

하지만 아무리 그래도 그렇지, 이용당한 게 뻔한 홍태섭의 집에서 돈을 뜯어내려고 하는 피해자가 있다는 말에 손채림은 한숨만 나왔다.

"이 세상에 절대 선이나 절대 악이 얼마나 되겠어? 피해자라고 해서 무조건 선은 아니야. 피해자는 그저 피해자일 뿐."

사람들은 그 부분에서 많이 착각한다. 피해자가 선이라고 말이다.

하지만 피해자는 그저 피해자일 뿐이다. 선이 아니다.

사기의 피해자가 또 다른 사기범일 수도 있고, 연쇄살인의 피해자가 천하의 인간쓰레기인 아동 강간범일 수도 있다.

실제로 다른 나라에서는 어떤 살인범이 강간범들을 죽이고 다니는 사건이 있었다.

그의 약혼자가 강간 살해되자 그 증오로 그러한 행동을 했는데, 그 시간 동안 그 나라에서 강간 발생률이 급격히 저하되었다.

'뭐? 어쩔 수 없는 본능? 개소리하네.'

그 사건은 판례적으로도 중요했는데, 강간 사건의 변론을 하는 변호사들이 가장 많이 써먹는 게 술을 마시고 실수했다는 주장이기 때문이다.

하지만 자기 목숨이 달린 일이 되어 버리니 결국 술 마셔도 소위 말하는 실수를 하는 놈도 없었던 것.

"그러니 확실하게 무죄를 만들고 넘어가는 게 차라리 안전할 수 있어."

"아…… 구역질 난다, 진짜."

"법률의 세계를 잘 아는 사람은 아무래도 세상을 깨끗하게만 볼 수는 없지."

노형진은 씁쓸하게 웃으며 말했다.

결국 세 집이 홍태섭에게 손해배상을 청구했다.

말도 안 되는 소리지만 실제로 벌어진 일이었다.

그리고 예상을 한 치도 벗어나지 않는 상황에, 노형진은 한숨만 나왔다.

"더 웃긴 게 뭔지 알아? 청구한 사람들 중에 사망자 가족은 한 명도 없다는 거야."

"뭐?"

"정작 슬픈 사람들은 가만있는데 다른 사람들은 아니라는 거지."

단순히 세간이 좀 타 버린 사람들이 한 푼이라도 더 뜯어내기 위해 소송을 건 것이다.

"정말이지 인간에게 구역질이 난다."

"내가 왜 새론에서 일하는 사람들에게 상담 서비스를 지원하겠어?"

자신이 봐도 구역질 나는데 그들이 보기에는 얼마나 구역질이 나겠는가?

"그렇게 살고 싶을까?"

"그렇게 살고 싶으니까 이러는 거겠지."

노형진은 어깨를 으쓱하면서 읽던 소장을 가방에 집어넣었다.

"그런 놈들은 말로 해서는 절대로 포기 안 해. 도리어 우리를 욕할걸."

"아니, 의뢰받은 변호사가 왜 설득을 안 해?"

"설득? 가만히 입 다물고 있으면 변론 비용이 나오는데 왜 설득을 해?"

"변호사도 개놈이네."

이것이 법이다

"원래 끼리끼리 뭉치는 거야. 상식적으로 생각해 봐. 이런 놈들이 멀쩡한 변호사 찾아가겠어?"

제대로 된 변호사는 승소 확률이 낮다면서 말렸을지도 모른다.

하지만 이런 인간들은 그런 변호사가 하는 말을 믿지 않는다.

결국 자신들에게 유리한 말을 해 주는 사람을 찾아가는 것이다.

그리고 그런 사람들은 소송비라도 받아 내기 위해 온갖 감언이설과 거짓말로 일단 사건부터 의뢰받는다.

그러니 자연스럽게 끼리끼리 뭉치는 것이다.

"아…… 진짜 싫다."

"그나마 다행인 게 뭔지 알아?"

"뭔데?"

"그런 식으로 소송비라도 받아 보려고 감언이설을 날리는 놈 중에서 실력 있는 놈을 못 봤다는 거야."

노형진은 씩 웃으며 말했다.

"실력 있는 놈이 그거라도 받겠다고 나설 리 없잖아? 후후후."

⚖️

"친애하는 재판장님, 피고 홍태섭은 정신적으로 장애를 가진 장애인입니다. 그의 지능은 7세에서 8세 사이로, 이 점만 본다면 일반적으로 초등학교에 입학해야 하는 나이입니다. 그는 다른 사건의 범인인 광진만에게 이용당하여 불을 저지르기는 했지만 그건 어디까지나 자의에 의한 것이 아닌, 타의에 이용당한 것입니다."

노형진은 이용당한 것뿐이라면서 홍태섭의 무죄를 주장했지만 상대방 변호사는 어떻게 해서든 홍태섭을 엮으려고 했다.

"재판장님, 초등학교 1학년 정도의 나이라고 하면 선과 악을 구분할 정도의 지능은 가지고 있습니다. 그러한 지능을 가지고 있는 사람이 타인의 교사를 받고 불을 질렀다는 것은 명백하게 공범으로서 완성 요건에 해당됩니다. 더군다나 공범인 광진만의 증언에 따르면 홍태섭은 그의 말에 적극적으로 호응하였다고 합니다."

'공범이라…….'

단어라는 것은 상당히 중요하다.

노형진이 사건을 말할 때 다른 사건의 범인이라고 말한 것은 홍태섭은 관련이 없다고 표현한 것이다.

그리고 반대로 상대방 변호사가 공범 운운한 것은 명백하게 같이 움직였다는 것을 주장하기 위한 선택이고.

"피고는 다른 사건의 공범으로서……."

"재판장님, 원고 측 변호인은 엉뚱한 단어를 선택함으로써 사건에 혼란을 주고 있습니다. 공범이라 하면 계획 단계에서 적극적으로 호응하고 같이 계획을 구성한 자를 뜻합니다. 하지만 피고는 정신연령이 고작 8세이니 적극적으로 개입한다는 건 불가능합니다."

"흠……."

"이런 경우 공범으로 볼 수가 없습니다. 아무리 많이 봐줘 봐야 종범 이상은 될 수가 없습니다."

"인정합니다. 원고 측 변호인, 이번 사건의 고소장에서도 종범으로 표현했으니 '종범'으로 용어 통일하세요."

"네, 알겠습니다."

공격하려던 상대방은 노형진이 말을 자르자 분통이 터지는 표정으로 노려보았다.

'내가 그렇게 쉽게 흘러가도록 놔둘 줄 아나?'

종범과 공범은 비슷하지만 전혀 다르다.

공범은 사건 자체를 함께 진행한 것이라면, 종범은 사건에 끌려간 것이다.

그 책임의 규모도 전혀 다르다.

애초에 그도 그 점을 알기 때문에 고소장에서는 종범으로 고소한 것이고 말이다.

그럼에도 불구하고 재판정에서 굳이 공범으로 호칭한 것은 언어적으로 공범이라는 느낌을 줘서 재판을 유리하게 끌고 가기 위해서였다.

하지만 노형진이 그런 그의 속셈을 가로막은 것이다.

"피고는 종범으로서 사건에 적극적으로 개입하고 또한 자발적으로 화재를 일으켰습니다. 그로 인하여 사망 및 재산 피해가 발생한 만큼……."

"재판장님, 원고 측이 계속 말장난을 합니다. 종범은 사건에 끌려간 사람입니다. 적극적으로 개입하고 자발적으로 화재를 일으켰다는 것은 논리적으로 말이 안 됩니다."

노형진이 히죽 웃으면서 말을 자르자 원고 측 변호사는 분통이 터지는 모양인지 노형진을 태워 죽일 듯한 눈빛으로 노려보았다.

'그러니까 애초에 제대로 일을 하든가.'

사실 이 모두가, 그가 고소장에 '공범'이라고 표현했으면 생기지 않았을 문제였다.

하지만 그렇게 했다면 민사에 가도 재판까지 가기는커녕 중간에 기각될 가능성이 높으니 '종범'으로 표현한 것이다.

형법적으로 아무리 살펴봐도 공범이 될 수가 없으니까.

'아 다르고 어 다른 게 이 바닥이라고, 이놈아.'

상대방 변호사의 열통 터지는 표정을 느긋하게 즐기는 노형진.

"재판장님, 피고는…… 적극적으로……."

"재판장님, 종범이 적극적으로 했다는 게 말이 안 됩니다. 종범은 말 그대로 사건에 참여한 사람을 뜻하는 말입니다. 적극적으로 참여했다면 그건 공범이지 종범이라고 볼 수 없습니다. 그리고 피고가 적극적으로 참여했다는 증거는 찾을 수가 없습니다."

"아니, 불을 지른 게 적극적 가담이 아니라면 뭡니까?"

"불을 지른 행위는 최종적인 결론이지 그 과정에서 피고가 적극적으로 가담했다는 증거가 될 수는 없습니다. 검찰의 수사 결과, 피고는 가해자로부터 이용당했다는 사실을 잊지 말아 주십시오."

노형진에게 계속 말문이 막히자 상대방 변호사는 갈수록 속이 터지는 입장이었다.

물론 노형진 입장에서는 느긋했지만.

"홍태섭의 범죄 사실은……."

"범죄가 저질러진 것은 사실이지만 홍태섭은 이용당한 것 뿐이라는 명확한 증거가 있습니다. 원고 측 변호인, 원고 측 변호인은 계속 홍태섭이 적극적으로 가담했다고 주장하고 있는데 그에 대한 증거가 있나요? 사건의 가해자인 광진만에게 먼저 전화하거나 불을 이용하겠다고 선택하거나 박스를 나서서 모으거나 한 증거 말입니다."

"……."

그냥 의뢰비나 받으려고 한 그에게 그런 증거가 있을 리 없다.

애초에 그렇게 적극적으로 참여를 할 수 있는 사람이라면 정신지체가 있을 리도 없고 말이다.

"결과적으로 홍태섭이 적극적으로 나섰다는 행동은 최종

적으로 불을 지른 것뿐이네요."

"……."

"그리고 그건 오로지 결론일 뿐이고. 해당 행위에 대해 수사 결과, 검찰과 경찰에서는 무죄가 나온 것으로 알고 있는데요?"

제대로 공격하지 못하고 입을 꾸욱 다무는 변호사.

보다 못한 판사가 고개를 흔들었다.

"원고 측 변호인, 다음 기일 전까지 증거를 제출하세요."

그렇게 그날 재판은 끝났다.

그리고 노형진은 상대방 변호사를 비웃으면서 그곳을 나왔다.

⚖

"이러면 쉽겠는데?"

"쉽지는 않을 거야."

노형진은 자신의 사무실에서 서류를 정리하며 말했다.

"아니, 왜? 저쪽은 네가 말한 대로 그다지 능력 있는 것 같지 않던데."

손채림은 고개를 갸웃하면서 물었다.

그녀의 눈에도 오늘 시종일관 공격한 건 노형진이었고 저쪽은 방어조차 제대로 못하는 게 뻔하게 보였다.

"법이라는 것은 아 다르고 어 다르거든. 이번에 저쪽에서 실수한 것은 홍태섭을 공격한 거야."

"어?"

"홍태섭은 불을 지른 장본인이야. 그리고 이번 사건에서 이용당한 사람이지. 당연히 그를 공격하는 게 기본이야. 일반적으로는 말이지."

"일반적으로는?"

"그래."

일반적으로는 당사자를 공격해서 손해배상을 받아 내는 것이 정상이다.

하지만 이번 사건은 여러모로 일반적이지 않다.

"그쪽 변호사가 간과한 것은 홍태섭은 장애인이라는 거야. 대충 돈이나 받고 모른 척하려고 했으니 모른 척했을 수도 있지만."

"그래서?"

"그러니 홍태섭 자체를 공격하는 건 의미가 없어. 하지만 살짝 사건을 비틀면 이야기는 달라져."

"이야기는 달라진다고?"

"그래. 대상을 홍태섭이 아니라 부모로 바꾸는 거지."

"부모로?"

"그래. 나였다면 아마 처음부터 부모를 공격했을 거야."

사실 저쪽에서 제대로 공격하려고 했다면 홍태섭이 아니

라 그 부모를 공격했어야 한다.

물론 돈 자체를 청구한 대상은 그 부모가 맞다.

그리고 홍태섭에 대한 관리 책임을 물어서 그 손해배상을 청구해야 한다.

그 관리 책임은 홍태섭의 유무죄와는 상관없기 때문이다.

"그러니 관리 책임을 묻게 된다면 아무래도 이쪽이 곤란해지지."

"헐? 그래?"

"그래. 저쪽은 사건을 너무 단순하게 본 거야."

일단 사건 자체는 무죄가 맞다.

하지만 관리 책임이라는 것은 단순히 지키고 있다는 것을 증명하는 게 아니다.

그가 이런 일을 저지르지 못하도록 사전에 막아야 하는 것, 그게 관리 책임이다.

"그런데 그걸 공격하면 돈을 줘야 한다고?"

"사실상 방치되어 있었으니까."

"그런데 어쩔 수가 없잖아?"

"그건 그렇지."

가난한 집에서 장애가 있다는 것은 단순히 장애를 가진 사람이 있으니 먹여 주고 재워 준다는 것을 의미하지는 않는다.

치료비나 특수교육비 등등 일반적인 사람들이 생각하지 못하는 추가 비용이 나가는 걸 뜻하고, 그 돈을 감당하기 위

이것이 법이다

해서 부모들은 어쩔 수 없이 맞벌이를 해야 한다.

"진짜 가혹하네."

"가혹하지."

결국 장애를 가진 사람을 보호하기 위해 방치하는 터무니없는 상황이 되어 버린다.

"오늘은 일단 공격 대상을 제대로 잡지 못해 물러났지만 아마 다음번에는 제대로 공격할 거야."

"응? 어째서? 그냥 돈이나 먹고 떨어질 타입이라면서?"

"일단 시작은 그렇지. 하지만 자기 자존심은 포기하지 못하는 타입이더라."

"자존심?"

"그래. 저런 인간들이 있어."

무능한 변호사다. 제대로 된 능력이 없다. 그러니 대충 돈을 뜯어내며 살려고 한다.

그런 변호사들이 없는 게 아니다. 실제로 존재한다.

"문제는 그런 인간들이 상대적으로 자존심이 강하다는 거야."

그런 행동을 한다는 것 자체가 자신의 실력이 없음을 인정해야 한다는 거다.

문제는 그 이후다.

실력이 없다는 걸 받아들이고 실력을 키우려고 하든가, 아니면 그걸 알면서도 모른 척하면서 돈을 벌려고 하든가.

"전자라면 이 사건을 받아들이지 않았겠지."

"아!"

"하지만 후자라면 돈 때문에 받아들일 거야. 그런데 그런 사건에서 나한테 엄청나게 깨졌잖아."

창피를 당하면서 깨지고 노형진을 무섭게 노려보던 상대방 변호사였다.

"그런 그에게 있어서 자존심은 무척이나 중요하지."

"응?"

"자존감이 낮으면 자존심이 강해지는 법이거든."

자신의 실력 없음을 한쪽으로는 인정하면서도 사실상 외부적으로 인정하지 않고 이렇게 사건을 받아들인다는 것은, 자존감이 낮을 가능성이 높다는 뜻이다.

재판 당시에도 그는 노형진이 하는 공격을 필요 이상으로 예민하게 받아들였다.

즉, 자기 자존심이 공격당했다고 받아들이는 것이다.

"거기에다 그의 학벌을 보니 절대로 낮은 학벌이 아니야."

외고나 과학고는 아니지만 소위 명문으로 통하는 강남 8학군 지역의 중고등학교를 나오고 난 후 알아주는 세계 대학교를 나와서 변호사가 되었다.

심지어 사법연수원에 입학할 때만 해도 10위였다.

"그런데 그가 판사나 검사가 되지 못하고 변호사가 되었어. 왜일까?"

"자신이 선택한 거 아냐?"

"그런 타입은 아닌 것 같아."

일반적으로 사법연수원을 나올 때 판사와 검사 그리고 변호사는 자신이 원하는 대로 간다. 하지만 당연히 대부분의 사람들이 판검사를 지망하지 변호사를 지망하지는 않는다.

노형진의 경우가 특수한 거다.

"그런데 그는 판검사가 되지 못했어. 그렇다는 건 그가 성적이 좋지 못하다는 거지."

이런 경우가 가끔 있다. 국영수 잘하고 시키는 대로 공부는 잘하는데 이해력이 극단적으로 떨어지는 경우.

"안 그래도 판사들 중 상당수가 사회적 이해력이 떨어진다는 이야기가 나오는 판국이야."

그런데 그보다 더 이해력이 떨어진다면 당연히 성적이 좋을 수가 없다.

"하지만 이길 수 있어서 받아들였을 수도 있잖아? 관리 책임을 묻는다면 그쪽이 이길 수도 있다면서?"

"아닐걸. 그랬다면 처음부터 관리 책임을 묻고 나왔어야지."

하지만 그는 관리 책임을 묻는 대신에 홍태섭을 공격했다.

즉, 케이스 바이 케이스, 그러니까 사건별 적응력이 상당히 떨어진다는 것이다.

"하지만 재판에서 나한테 쳐발렸으니 어떻게든 방법을 찾으려고 하겠지."

그리고 그것은 어쩔 수 없이 관리 책임을 묻는 방식이 될 것이다.

자신만 해도 그 방법을 선택할 테니까.

"그러면 어쩌지? 어찌 되었건 방치된 건 사실이잖아."

노형진은 씩 웃었다.

"관리 책임이라는 건 말이지, 생각보다 어려울 수도 있어."

"뭐?"

"사고를 쳤으니 관리 책임을 지라는 게 아니야. 너희가 관리 책임을 질 만큼 방치했어야 한다는 거지. 그러니까 불가항력이라는 건 어쩔 수 없어."

"묘하게 어려운데?"

그냥 방치한 것과 관리했는데 안되는 것의 차이가 좀 복잡스러운지 손채림은 살짝 눈을 찡그렸다.

"그건 뭐, 법원에서 보면 알 거야. 그러기 위해서는……."

노형진은 쪽지에 뭔가를 적어서 손채림에게 건넸다.

"이게 필요해."

"흠…… 당분간 바쁘겠는데?"

"그래도 어쩌겠어? 해야지."

노형진은 어깨를 으쓱할 뿐이었다.

⚖

"재판장님, 피고의 부모는 피고에 대한 관리를 해야 하는 책임이 있는 자입니다. 그럼에도 불구하고 그들은 피고를 방치하였습니다. 그 결과 피고는 주범인 광진만과 함께 사건을 모의하여…….”

“재판장님, 모의는 사건을 함께 구상했다는 뜻입니다. 이 경우는 수사 기록을 봐서 아시겠지만, 모의한 적이 없습니다.”

“크흠.”

또다시 자신의 말이 가로막히자 분노에 부들부들 떠는 변호사.

노형진은 그런 그를 보면서 그저 미소를 보낼 뿐이었다.

“사건을 진행하여 현장에 불을 질렀습니다. 그 결과 다섯 명이 사망하였고 수십억의 재산 피해가 났습니다. 경찰과 검찰의 수사 결과, 그가 형법적으로 무죄가 되었다고 하나 홍태섭은 장애를 가진 장애자로서…….”

“장애자는 장애인을 비하하는 말입니다. 장애자에서 마지막 ‘자’라는 글자는 ‘놈 자者’이기 때문입니다. 그러니 장애인으로 표현해 주시기 바랍니다.”

노형진은 사소한 것 하나 놓지지 않고 계속 태클을 걸었다.

‘열 받지? 열 받을 거야, 후후후.’

사람은 열을 받을수록 시야가 좁아진다.

그리고 상대방은 지독한 자존심을 가지고 있는 사람이다.

그러니 그가 열 받을수록 유리한 것은 노형진이다.

빠드득.

상대방 변호사는 이를 박박 갈았다.

하지만 노형진의 말이 맞기 때문에 부정할 수도 없었다.

"그는 장애인으로서 적절한 케어를 받아야 하는 상황이었습니다. 그러나 피고 측 부모들이 그러한 보호 조치나 관리를 하지 않아 결과적으로 화재를 일으킨 것은 부정할 수 없는 사실입니다."

홍태섭의 부모에게 돈을 받아 내기만 하면 된다, 그는 그렇게 생각했다.

'확실히 이런 때는 이쪽이 불리한 경우가 많지.'

관리 책임이라는 게 미묘하다.

특히 이런 식으로 부모와 자식의 경우, 사고를 친 자녀에게 해 줘야 하는 것을 해 주지 않은 경우가 대부분이다.

법원에서도 그 부분을 감안하고 일정 부분은 손해로 잡고 시작한다.

그러니 관리 책임에서 완전히 자유로운 경우는 없다.

'물론, 일반적으로는.'

노형진은 열변을 토하는 상대방 변호사를 그저 두고 봤다.

간혹 적당히 태클을 걸기는 했지만 정작 변호는 하지 않았다.

"이상입니다."

한참을 떠든 변호사가 분노에 찬 얼굴로 노형진을 바라보았다.

누가 봐도 이걸 어떻게 방어하겠느냐는 비웃음이 가득한

얼굴이었다.

'쯧쯧, 그 머리로 처음부터 제대로 해 봐라.'

처음부터 저렇게 적극적으로 나섰다면 노형진이 당황했을 것이다.

하지만 게으름을 피우다가 결국 이쪽에서 다 알고 있는 방법으로 나왔으니 노형진은 한심할 따름이었다.

"관리 책임에 대해 따진다면, 피고 측 부모들은 자신들이 할 수 있는 최선을 다했다고 볼 수 있습니다."

"최선을 다한 게 불을 지르게 방치하는 건가요?"

"일단 불을 지른 것은 본인의 의사가 아니라 타인에게 이용당해서라는 점을 감안하여 주시기 바랍니다."

"하지만 결과적으로……."

"결과론을 말하자는 게 아니라, 이번 사건은 불가항력이라는 부분을 말씀드리고 싶습니다."

"불가항력?"

"그렇습니다."

불가항력이라는 말에 상대방 변호사는 코웃음을 쳤다.

'웃기는 소리.'

100% 이기지는 못한다고 할지라도 이렇게 하면 적잖은 책임을 물게 할 수 있다.

그리고 그 정도면 자신을 무시한 노형진에게 창피를 주고 의뢰인에게 면피할 정도의 돈은 나온다.

그게 그의 목표였다.

하지만 그다음 순간, 그는 입을 떡 벌려야 했다.

"일단 관리 책임에 대해 말씀드린다면, 홍태섭을 관리하기 위해 부모님이 한 행동들을 증명하겠습니다. 재판장님, 증거로 학교의 학적부를 제출합니다."

"학교의 학적부?"

"그렇습니다. 장애인인 홍태섭을 사회적으로 적응시키고 그에 맞는 생활을 하게 하기 위해서는 필수적으로 사회 적응 훈련과 그에 맞는 교육이 필요합니다. 그리고 그런 장애인들이 가는 학교가 따로 있지요."

장애인 학교.

그곳은 장애를 가진 사람들의 교육을 책임지고 있는 곳이다.

그곳에서 최대한 사회에 적응할 수 있도록 교육을 진행하는 것이다.

"이것은 금사 장애인 학교의 학적부입니다. 이 기록에 따르면 홍태섭은 8년 전부터 그곳에서 수업을 받고 있습니다. 장애인 학교라는 특성상 보호시설 역할도 함께하기 때문에 학년제에 따라서 자동으로 학급이 올라가지는 않습니다."

"그건 관리 책임을 수행했다 할 수 없습니다. 장애인을 장애인 시설에 수용하고 사람들에게 피해를 주지 않게 하는 정도는 되어야지요!"

노형진은 눈을 찌푸렸다.

'저런 녀석들이 꼭 사람들을 선동하지.'

장애인 시설이 생기면 땅값이 떨어진다는 둥 사는 게 힘들어지다는 둥 하는 소리를 하면서 온갖 개쇼를 하는 놈들이 있다.

그러나 한국에서 장애인 시설이 생겼다는 이유로 땅값이 떨어진 지역은 단 하나도 없다.

도리어 장애인 시설 주변으로 장애인 부모들이 모여들면서 가격이 오른 지역은 있어도 말이다.

사실 장애인 시설이 있는 곳은 의외로 투자 지역 중 한 곳이다. 그게 있는 이상 집이 비는 경우가 없으니까.

'결국 자기가 보기 불편한 게 마음에 안 든다는 건데.'

하지만 아무리 장애인 시설이 생긴다고 해도 주변의 대다수가 갑자기 장애인이 되는 건 아니다.

"그런 걸 인권침해라고 하지요."

"뭐라고요?"

"진짜로 상대방에게 피해를 주는지 확실하지도 않은 사람을 가둬 두는 것은 인권침해가 아닌가요?"

"하지만 이미 피해를 주지 않았습니까!"

"그 부분에 대해서는 이미 형사적 판단이 끝났습니다. 홍태섭은 하나의 도구로 이용된 거고 그로 인한 피해를 입은 피해자입니다. 살인을 하는 데 칼을 썼다고 전 세계에 있는 모든 칼을 없애던가요? 아니면 교통사고가 났으니까 전 세계의 모든 차량을 불법화해야 합니까? 살인 사건으로 죽는 사람보다 교통사고로 죽는 사람이 더 많은데요?"

"큭."

노형진이 정곡을 찌르자 상대방 변호사는 찍소리도 하지 못했다.

"일단 중요한 건 그 부분이 아니니 넘어가지요. 어찌 되었건 피고 홍태섭은 몇 년간 계속해서 장애인 시설을 다니며 보호 및 교육을 받아 왔습니다."

"하지만 그때는 집에 있을 때 아닙니까!"

"그거야 그렇지요. 방학 기간이었으니까요."

"방학 기간?"

"거기에 나가는 사람이 장애인만 있는 게 아니잖습니까?"

그곳을 운영하는 사람들, 그곳에서 아이들을 가르치는 선생님 그리고 영양사들.

그런 일반인들도 학교에 가게 된다.

문제는 그런 사람들이 스물네 시간 365일 일할 수는 없다는 것이다.

"당연히 해당 학교는 일정 기간 방학 기간을 가지고 있습니다. 그리고 이번 사건이 발생한 시간은 학교에서 방학으로 인해 집에 있을 때입니다."

"그러면 집에서 누군가 지키고 있어야지요."

"그건 틀린 말은 아닙니다. 장애인들에 대한 교육은 아무래도 한계가 있으니 그 옆에서 누군가 지키고 있는 게 가장 확실한 안전 대책이지요."

노형진이 순순히 인정하자 상대방 변호사는 움찔했다.

지금까지 자신을 물어뜯으려고만 하던 그가 잘못을 인정하다니?

'뭐지? 씨발.'

그는 불안한 마음이 들었다.

그렇지만 그렇다고 해서 자신의 의견을 바꿀 수는 없다.

"그러면 관리 책임의 부실을 인정하는 겁니까?"

"인정합니다."

"헐?"

"진짜야?"

노형진이 전격적으로 관리 책임의 부실을 인정해 버리자 다들 당혹한 얼굴이 되었다.

여기서 이걸 인정하면 그 배상을 해야 하기 때문이다.

'물론 일반적으로는 그렇지.'

하지만 노형진은 몰라서 그걸 인정한 것이 아니었다.

"하지만 그러한 관리 책임의 부실은, 아까도 말씀드렸다시피 불가항력이라 말씀드리고 싶습니다."

"불가항력?"

"네. 관리하기 싫어서 관리하지 않은 게 아니라 관리를 할 수가 없는 상황이었기 때문입니다."

"할 수가 없는 상황이었다고요?"

"재판장님, 여기 진단서를 받아 주시기 바랍니다."

"진단서?"

재판장뿐만 아니라 원고 측 변호사도 어리둥절해졌다.

자신들이 알기로는 피고 측, 그러니까 홍태섭 측에서 다친 사람은 없었기 때문이다.

"이건 그 사건으로 인해 발생한 사고가 아닙니다. 사고가 발생하기 4개월 전부터 있었던 기록입니다."

"4개월 전?"

"그렇습니다. 홍태섭의 할머니의 기록입니다."

"사건과 관련이 없는 증거는 인정하시면 안 됩니다!"

불안한 감정이 들자 원고 측 변호사는 애써 그걸 부정시키려고 했다.

하지만 진단서는 이미 판사의 손에 넘어간 후였다.

설사 도중에 반려된다 해도 노형진이 그대로 놔둘 리도 없고 말이다.

"홍태섭의 할머니는 현재 암으로 투병 중입니다. 그리고 애석하게도 그분 명의로 된 보험은 없습니다."

"아……!"

사람들은 안타까운 탄성을 질렀다.

암이 한 집안을 파멸시키는 주범 중 하나라는 것은 널리 알려진 사실이기 때문이다.

워낙 치료비도 많이 들고 또 재발의 위험성도 높다.

과거보다 돈이 덜 든다고는 하지만 그건 어디까지나 상대적인 것이다.

오래된 빌라에 살던 홍태섭의 집에는 부담스러운 비용임이 틀림없고, 특히나 돈이 없어서 보험도 들지 못한 사람들에게 여유가 있을 리 없었다.

"관리 책임요? 네, 관리하지 못한 부분이 있습니다. 그 부분은 인정합니다. 하지만 현재 홍태섭의 집은 홍태섭을 관리할 여력이 되지 않습니다. 지난 4개월간 치료비만 7천이 넘게 나왔습니다. 사실상 홍태섭의 집은 치료비만으로도 이미 부채가 자산을 넘어선 상태입니다."

결국 홍태섭 부모의 입장에서는 자기 부모를 살리기 위해서라도 돈을 벌어야 한다.

그러니 어쩔 수 없이 돈을 벌러 나가야 한다.

"이 근무 기록을 보아 주시기 바랍니다. 홍태섭의 어머니에 관한 기록입니다. 이 기록에 따르면 홍태섭의 어머니는 평생을 전업주부로 사셨습니다. 그게 무슨 말이냐면, 평생 홍태섭을 키우며 관리하여 왔다는 뜻입니다. 하지만 할머니가 발병한 이후의 근무 표를 보시면, 오전에 청소부로 일하고 오후와 야간에는 식당에서 일하고 있습니다. 아버지의 경우 택배 일을 하고 있는데 평균 근무시간이 오전 9시부터 오후 10시까지입니다. 심지어 쉬는 날도 없이 근무하고 계십니다."

노형진은 미리 준비한 서류들을 내밀면서 판사에게 상황을 설명했다.

　　"방치한 것은 인정합니다. 하지만 방치할 수밖에 없는 상황이었습니다. 더군다나 홍태섭은 지능지수는 낮지만 충분한 교육을 받아서 어느 정도의 사회적 반경을 가지고 있습니다."

　　그의 집에서 그에게 해 줄 수 있는 최선은 다한 셈이었다.

　　"방학 기간 중에도 그냥 방치한 것은 결코 아닙니다."

　　"그럼?"

　　"증언에 따르면 홍태섭의 부모는 같은 지역에 사는 주민에게 매끼 식사를 부탁했습니다."

　　그 주민에게는 초등학교 저학년 아들이 하나 있었다.

　　"그래서 정신연령은 비슷하니 방학 기간 중 함께 놀 수 있을 거라 생각한 거죠. 그 생각이 반쯤은 맞았습니다."

　　"반쯤?"

　　"일반 아동들은 항상 집에 있는 게 아니라 방학 중에도 보통 학원을 다니니까요."

　　"아……."

　　방학 기간 중 아이들은 학원을 다닌다.

　　아침과 점심을 먹을 때까지는 관리가 가능하지만 그 이후에는 아이도 학원을 가니 어쩔 수 없이 혼자 있어야 했다.

　　"그리고 광진만은 홍태섭이 혼자 있는 그 시간을 노려서 접근한 것입니다."

"그러면 다른 장애인 시설에 들여보내든가요."

노형진은 피식 웃었다.

'내가 그런 말 할 줄 알았다.'

사람들은 남의 일이라고 하면 말을 너무 쉽게 하는 경향이 있다.

그냥 생각하기에는 충분히 할 수 있을 것 같기 때문이다.

하지만 정작 그 상황에 처하면 한계에 부딪힐 수밖에 없다.

"재판장님, 추가로 제출한 참고 자료가 있습니다. 이 지역에 있는 장애인 시설의 명단과 그 장애인 시설의 입소 대기 시간입니다."

"입소 대기?"

"그렇습니다."

한국은 장애인 시설이 부족한 편이다. 그것도 아주 많이 부족하다.

그래서 대부분의 장애인 부모들이 보내고 싶어도 보내지 못하는 것이 현실이다.

"이 기록에 따르면 일반적으로 장애인 시설의 입소 대기 시간은 평균 3년입니다. 일반적인 학교와 다르게 전학하고 싶다고 갈 수 있는 여건이 아니라는 뜻입니다. 설사 간다고 한들 그곳도 방학이 있는 것은 마찬가지고요. 방학이 없는 완전 보호시설의 경우 아이를 완전히 그곳에 맡겨야 하는 형태이고, 이곳에서 거리가 무려 120킬로미터나 떨어져 있습니다. 생활 터전을 떠나야 한다는 뜻이지요. 그나마도 그곳은 입학 대기 시간이 4년입니다. 그런데 다른 곳에 맡기라고요? 맡길 수가 없는데 어떻게 맡깁니까?"

원고 측 변호사는 눈을 찡그렸다.

자신이 생각해도 그런 상황이라면 방법이 없기 때문이다.

"불가항력이라는 말이 있습니다. 그리고 이 상황은 불가항력입니다. 관리 책임이라는 것은 결국 관리해야 하는 책임이 있는 사람이 자신의 책임을 이행하지 않고 방치했을 때 묻는 것입니다. 그러나 이번 사건에서 피고의 부모들은 자신들이 할 수 있는 모든 관리 책임을 다했습니다. 이상입니다."

노형진은 거기까지 말하고 변론을 종결했다.

그리고 직감적으로 자신의 패배를 느끼고 똥 씹은 표정을 하고 있는 상대방 변호사를 보면서 씨익 미소를 지었다.

빅 픽처 나가신다

"홍태섭은 이제 풀려나는 거야? 그럼 다 끝난 거지?"

"그래."

홍태섭은 정신지체를 가지고 있다. 거기에다가 광진만에게 이용당해 불을 질렀다.

"이런 경우는 상대방이 인간이라고 할지라도 도구에 준해서 사용되었다고 판단해."

"도구?"

"그래. 정상적인 판단이 불가능해서 광진만의 명령을 거부할 수가 없는 상황이었던 거지. 그러면 아무리 사람이라고 해도 도구로 인정되는 거야."

"그러면 어떻게 되는 거야?"

"칼로 사람을 찔러 죽였다고 칼에 징역을 내리는 경우는 없잖아."

즉, 홍태섭은 광진만에게 도구로 이용당했을 뿐이니 실질적으로 무죄가 나올 것이다.

"정상적인 상황이라면 공범이나 하다못해 종범이 되겠지만, 이번에는 그럴 수가 없는 거지."

노형진의 예상대로 형사 쪽은 정신지체를 가진 홍태섭을 이용당한 도구로 봄으로써 무죄를 선고했다.

"민사 쪽도 이제 끝난 거고?"

"재판부에서 그 당시 상황이 불가항력적이라는 사실을 인정했으니까."

홍태섭의 부모는 자신들이 할 수 있는 최선을 다했다고 재판부는 인정했다.

그래서 그 관리 책임에 대한 배상은 결론적으로 이겼다.

관리 책임은 관리해야 하는 자가 자기 책임을 이행하지 않아서 생기는 일에 대해 배상하는 건데, 최선을 다했는데도 막을 수 없었다면 그건 어쩔 수 없는 상황이 되기 때문이다.

"다행이다."

"애초에 그게 목적이었잖아."

어차피 장애인이니까 처벌은 피할 수 있다.

하지만 민사는 피할 수 없기 때문에 어떻게 해서든 그걸 해결하기 위해 노형진이 이렇게 복잡하게 사건을 처리한 것이다.

다른 변호사였다면 아마 적당히 변론하고 형사처벌이 끝나는 선에서 변론을 종료했을 것이다.

"이제 끝난 거야?"

"뭐, 일단은. 아직은 2차전이 남아 있지만."

"2차전?"

"태양 말이야."

손채림이 눈을 찌푸렸다.

그녀의 아버지가 운영하는 법무 법인 태양.

그곳은 대형 로펌이다. 한국에서 순위권에 들어가는 곳이고 말이다.

또한 이번 사건에서 무능의 극치를 보여 준 곳이기도 하다.

"그곳에서 돈을 되찾아 와야지."

"돈을 되찾아 온다고?"

"그래. 아무래도 보자 보자 하니까 너무하다 싶어서."

"그런가?"

"변호사가 사건을 골라 받는 건 이해가 가. 그거야 어쩔 수 없지. 하지만 이런 경우는 너무하잖아."

홍태섭의 집에서는 그를 보호하려고 무려 1억이나 썼다.

싸구려 빌라에 살던 그들은 그 돈을 구하기 위해 지하의 작은 원룸으로 이사해야만 했다.

"그런데 그 돈을 받고는 일을 그딴 식으로 해? 그건 말도 안 되지."

"하지만 하루 이틀의 문제가 아니잖아."

"그러니까 해결해야 한다는 거야. 사실 너도 알겠지만, 이런 문화가 한국 전반에 퍼져 있잖아."

"그건 그렇지."

태양만의 문제가 아니다. 거대 로펌들은 대부분 이런 부분이 없을 수가 없다.

심지어 개인 변호사들조차도 이런 식이다.

"그런데 이게 고쳐지지 않는 이유가 뭐겠어?"

"너무 당연한 거 아냐?"

변호사들은 서로가 선후배일 수밖에 없다.

거기에다가 자신도 똑같은 짓을 하고 있으니 상대방 변호사에 대한 반환 청구 소송을 진행하지 않는다.

한다고 해도 상당히 대충 하고 말이다.

"그걸 제대로 시스템화해야지."

"하지만 변호사들이 하려고 할까?"

"안 하면 어쩔 건데? 이제는 시대가 바뀌었다고. 바뀔 수밖에 없기도 하고."

"응?"

"올해부터 로스쿨 출신들이 쏟아져 나올 거야. 그들이 서로를 알은척할 것 같아?"

"아하!"

로스쿨 출신은 동문도 아니다. 그렇다고 사법연수원에서 같이 배운 것도 아니다.

다른 변호사는 그저 경쟁자일 뿐이다.

"로스쿨 출신이 사법연수원 출신을 우대하지는 않아. 오히려 적대하지. 아무리 그래도 사업연수원 출신이 실력이 좋은 건 사실이거든."

"음……."

"너도 알다시피 로스쿨이 우려대로 되어 가고 있잖아."

사법연수원이 개천에서 용 나는 기회였다면, 로스쿨은 돈이 있는 자들이 변호사라는 이름을 얻는 기회로 이용되고 있었다.

사법연수원에 가기는 힘들고, 그렇다고 그냥 있자니 세상에 주류에 들어가려면 타이틀이 필요하다.

"정부에서 사법시험을 존치시키지 못하는 이유가 바로 그거야. 실력 차이가 현재로서는 어쩔 수 없거든."

"끄응…… 그 정도야?"

"어쩔 수 없잖아. 배움의 기간이 차이가 나는데."

로스쿨은 3년이면 된다. 하지만 사법시험은 일반적으로 법대 4년에 사법연수원 2년이다.

당장 두 배나 차이가 난다.

"그러니 실력이 부족한 건 어쩔 수가 없어. 그건 한쪽을 비하하는 게 아니라 현실적인 문제야."

"그렇다고 그 사람들이 싸우려고 할까?"

"싸울 수밖에 없게 만들어야지."

"뭐?"

"이제 슬슬 새론도 확장해야 하지 않겠어?"

노형진의 말에 손채림은 한숨이 푹 나왔다.

"또 피바람을 불러오려고 하겠구나."

"후후후후, 원래 세상은 피바람을 맞으면서 바뀌는 거야."

"그래서 뭘 어쩌려고?"

"당연히……."

"그러니까 개별 법인을 만들자 이건가?"

"네."

노형진의 말에 김성식은 곤란한 표정이 되었다.

"새론의 지점을 뜻하는 건 아닐 테고…… 개별 법인이
라……. 왜? 그럴 이유가 있나? 물론 우리 새론이 무섭게 커
지고 있기는 하지만 그거야 확장하면 되는 거지, 굳이 개별
법인까지 필요한가?"

송정한은 도무지 이해가 가지 않아 어리둥절한 표정으로
물었다.

"나도 그 부분은 이해가 가지 않는데."

김성식도 마찬가지인 듯했다.

"이제 시대가 바뀌니까요."

"어떤 면에서?"

"로스쿨 출신이 나오기 시작할 테고, 점차 사법시험을 폐지하자는 쪽으로 갈 겁니다. 아시지요?"

"그거야 알지."

사법시험의 폐지는 어쩔 수가 없다.

앞으로 5년 내에 사법시험을 폐지한다는 것이 정부의 입장이니까.

"그래서 우리는 많은 준비를 했지요."

"그렇지. 능력 있는 사람들을 선별하고, 등록금을 지원해 주고, 우리 쪽에서 일하도록 해서 경험을 쌓아 주고. 그런데 왜 갑자기 개별 법인을 만들어야 한다는 건가?"

"일단 현재로서는 서로가 서로에게 감정이 좋지 않습니다."

"뭐?"

"아직은 모르실 겁니다. 하지만 사법시험 사람들과 변호사 시험 출신의 대립은 분명히 나타날 겁니다."

"흠……."

송정한은 고개를 끄덕거리면서 노형진의 말에 동의했다.

그럴 수밖에 없다. 인간이라는 존재는 욕심과 이기심을 가지고 있기 때문이다.

"그렇겠지. 기존 변호사들은 선민의식이 있을 테고, 로스쿨 출신들은 자격지심이 있을 테니."

둘 다 좋은 게 아니다. 하지만 어찌 되었건 그건 현실이다.

"단순히 같은 공간에서 함께 일하게 한다고 해서 제대로 되리라는 보장은 없지요."

"그렇지."

"거기에다가 기존 변호사들이 그들을 거부하고 있습니다. 아시지요?"

"알지."

로스쿨 출신들이 변호사 시험을 본다고 해서 다 변호사가 되는 것은 아니다.

일정 기간 민간 기업에서 연수를 받아야 제대로 인정된다.

문제는 기존에 있던 곳들, 그러니까 사법시험 출신들이 자리 잡고 있는 로펌들이 도와줄 생각이 없다는 것이다.

"우리 쪽은 다른 곳보다 그런 것에 대해 별로 저항이 없습니다. 방학 때마다 로스쿨 출신들이 와서 일을 도와줬으니까요. 그럼에도 불구하고 우리가 연수생을 늘리려고 하자 대부분의 변호사들이 좋아하지 않았지요. 그래서 결국 기존에 있던 사람들만 연수를 진행할 수밖에 없었고요."

"그건 그래."

송정한도 생각난다는 듯 끄덕거렸다.

로스쿨 출신 중 능력이 있는 사람을 새론에서 키운다는 것은 널리 알려진 사실이다.

당연히 그들은 시험에 합격하고 난 후에 연수하러 새론으로 왔었다.

그런데 각 로펌에서 연수를 거부하자 정부에서 협조를 요청한 것이 문제였다.

그것 때문에 새론도 어쩔 수 없이 추가로 로스쿨 출신 연수생을 받아들이려고 했는데, 기존 변호사들이 심한 거부감을 보인 것이다.

"지금 로펌에서 말이 많은 거 아시죠? 아니, 의뢰인들이 로스쿨 출신을 거부하는 것도 아실 테고."

"알지."

돈이 좀 있는 의뢰인들은 로스쿨 출신 변호사는 변호인으로 포함시키지 말라고 할 정도로 그들에 대한 불신이 크다.

심지어 잘 모르는 사람들도 그런 상황이다.

'그런 상황에서 대다수 로스쿨 출신 변호사는 개인 변호사로 나가지.'

하지만 돈도, 백도 없는 일반인들은 모조리 나가떨어지고 돈과 백이 있는 사람들만 로펌에 들어가서 활동한다.

노형진은 그 사실을 알고 있었다.

"그러니 그들을 모아서 로펌을 만드는 겁니다."

"로스쿨 출신의 로펌이라……. 우리에게는 무슨 이득이 있지?"

"두 번째 킹콩이 되는 거죠."

"두 번째 킹콩?"

"어차피 사법시험은 사라집니다. 그리고 사법시험이 사라지고 난 후에는 로스쿨 출신만 나오게 되죠. 그러면 승기가 어떻게 될까요?"

"그건……."

약간 소름이 돋는 표정이 되는 송정한.

한참 침묵이 흐르고, 그는 조심스럽게 입을 열었다.

"결국 천하는 그들에게 가겠군."

"네."

이쪽은 병력이 추가되지 않는데 저쪽은 매년 몇천 명씩 추가 인원이 들어온다.

그러면 미래의 승기를 누가 잡을지는 뻔하다.

"하지만 지금도 중요하지 않나? 어찌 되었건 지금 권력을 잡은 건 사법시험 출신들일세."

"네, 맞습니다. 그래서 개별적인 업체를 만들자는 겁니다. 기업으로 보면 자회사인 겁니다."

"자회사라……."

"제 계획은 간단합니다. 자회사를 만들어서 로스쿨 출신을 흡수합니다. 동시에 그들을 교육시켜 실력을 향상시킵니다. 몇 년 안에 검사든 판사든, 결국 로스쿨 출신이 자리 잡게 됩니다. 다른 로펌들은 그때까지 전관이니 뭐니 매달리겠지만 결국 나중에는 오로지 로스쿨 출신이 다 자리를 차지하

이것이법이다

게 됩니다."

"설마…… 그들을 모조리 집어삼키려는 건가?"

"정답입니다."

"헐……."

"자네…… 미쳤군."

"미치지는 않았습니다. 하지만 충분히 가능한 이야기지요."

실력 있는 로스쿨 출신들을 모조리 쓸어 와서 키워 준다.

그러면 시간이 지나서 그들이 판검사를 마치고 다시 돌아왔을 때 이미 주요 전관은 새론에서 모조리 집어삼켜, 그제야 전관을 구하려고 이리저리 뛰어다니는 다른 로펌들과는 궤를 달리하는 상황이 될 것이다.

"그리고 당연히 로스쿨 출신이 뭉쳐서 만든 곳인 만큼 다른 로스쿨 출신들이 오려고 하겠지요."

"당연히 실력이 있는 사람들이 충원될 테고."

"네."

"교육이야 자네가 시스템화해 둔 사건이 있으니 단시간 내에 실력을 올릴 수 있겠군."

그렇게 된다면 10년쯤 지난 후부터는 대한민국에서 법을 논할 때 새론이라는 이름을 빼고는 논하지도 못하게 될 것이다.

아마도 대한민국의 법률계는 '새론 대 나머지'라는 구조가 될지도 모른다.

"흠……."

송정한은 침묵을 지켰다.

사실 그도 사법시험 출신이고 전관 출신인 만큼 로스쿨 제도가 마음에 드는 건 아니었다.

더군다나 돈이 있어야 다녀서, 개천에서 용 나는 게 시스템상 불가능하다.

그래서 노형진이 로스쿨 하나를 지원하자고 할 때 찬성한 거고.

"제가 로스쿨 하나로 만족할 리 없죠."

실력 있는 사람을 도와줘서 백민대학교 로스쿨로 보냈다고 하지만 다른 로스쿨에 실력 있는 사람이 없을 수가 없다.

"실력 있는 사람들은 우리 쪽으로 오고, 실력 없고 백 있는 놈들은 다른 로펌으로 가라 이건가?"

"네. 그렇게 된다면 시간이 지날수록 점점 실력 차가 커질 겁니다."

현재로서는 로스쿨생이 로펌에 왔다는 것 자체가 백이 있다는 뜻이다.

당연히 기존 변호사가 그런 그를 가르치거나 참견하려 들기에는 부담스럽고 힘들 것이다.

그사이 이쪽은 무섭게 실력이 올라갈 테고.

"무섭군."

송정한은 소름이 돋았다.

그가 수년 전부터 준비한 모든 것이 다 하나로 완성되는 느낌이다.

웃기지만 새론은 생수를 팔아서 적잖은 돈을 벌어들이고 있다.

매년 일본에 어마어마한 생수를 수출하는데, 벌어들이는 돈이 사실 새론이 여기서 소송을 대행해서 버는 돈보다 많다.

그런데 방사능 사태가 터진 이후 수십 년간은 이러한 상황이 유지될 것이다.

그리고 그 돈이면 그런 초대형 로펌을 만드는 것은 어려운 게 아니다.

"갑자기…… 청계가 생각나는군. 설마 비슷한 건가?"

"부정은 하지 않겠습니다."

"음……."

한때 새론의 라이벌이었던 청계.

그들은 사건을 조작하고 범죄를 설계해 주면서 범죄자들을 도와주고 그걸 약점 삼아서 권력을 쥐려고 했었다.

그러다 노형진과 새론에 망했지만.

"하지만 전 합법적인 방식을 선호하죠."

이런 식으로 변호사를 집어삼키고 그들에게 정치적 지원을 하면 그들은 정치권으로 나갈 것이다.

그리고…….

'생각보다 무서운 사람이었군.'

김성식은 자신도 모르게 침을 꿀꺽 삼켰다.

자신도 중수부에 있으면서 정치적 감각이 없는 것은 아니었다. 하지만 이렇게 은밀하게 준비하는 건 생각도 하지 못했다.

거기에다 노형진은 정치와 거리를 두는 사람이었다.

하지만 이런 식이면 정치 쪽에서 매달리게 될 수밖에 없다.

자기가 들어가기 위해 읍소하는 게 아니라, 들어와 달라고 말이다.

"이러다 나한테 국회의원 하라는 거 아닌지 모르겠군."

송정한은 장난삼아 말했지만 노형진이 대답은 하지 않고 씩 웃기만 하자 왠지 등골이 오싹해졌다.

"어떻게 생각하십니까?"

"솔직히 말해서 나도 사람일세. 야망이 없는 건 아니지."

"그럼?"

"어차피 흘러가는 역사라면 내 쪽으로 끌어당겨야겠지."

거기에다 불법도 아니고 합법이다.

바른 사람이 권력을 쥐면 세상이 좋아지는 법이다.

자신들이 무조건 올바르다고 말할 수는 없겠지만, 최소한 정의롭다고는 생각하는 그였다.

"다른 지역 이사들과 이야기는 해 보겠네. 본사에서 결정해서 하달할 사항은 아닌 것 같군."

"하지만 절대 기밀인 거 아시죠?"

"아네. 적당하게 핑계를 대도록 하지."

핑계를 대는 거야 어렵지 않다.

돈을 빌려고 한다고 해도 되고, 미래를 위한 투자라고 해도 된다.

권력 같은 것은 지금 신경 쓰지 않아도 된다.

어차피 권력을 쥐게 되는 것은 먼 미래의 일이니까.

"하지만 문제는 여전히 있네. 그들에게 어떻게 어필할 건가?"

지금 로스쿨 출신이 실력이 부족하다는 것은 이쪽에서는 널리 알려진 사실이다.

그런 만큼 거대한 로펌을 만든다고 해서 사람들이 그쪽으로 오리라는 법은 없다.

사람들이야 잘 모르겠지만 말이다.

"그래서 제가 적당한 먹잇감을 골라 놨습니다."

"먹잇감이라고 하면…… 잠깐, 설마…….'

노형진의 얼마 전 사건을 생각한 김성식은 그 먹잇감이 어딘지 알 것 같았다.

"태양 말인가?"

"네."

현재 한국에서 서열 2위. 그리고 손채림의 아버지 손하균이 운영하는 로펌.

"그곳을 밟겠다는 건가?"

"그곳을 밟는 것부터 시작하겠다는 겁니다."

"뭐? 시작을 그곳에서 한다니, 무슨 말이야?"

"그들이 제대로 변론하지 않은 사건이 한 건만 있을 리가 없지 않습니까?"

그런 사건들은 대부분의 변호사들에게 있다.

"그런 사건들을 전문적으로 해결하는 겁니다."

"으음……."

그런 사건들은 변호사들이 서로 상대를 봐서 받아들이지 않거나 대충 해서 그렇지, 명확하게 준비만 한다면 이기는 것은 어렵지 않다.

"하지만 사람들이 보기에는 다르겠지요."

사법시험 출신 로펌을, 그것도 대리인도 아니고 원고로 해서 족족 처발라 버린다면 사람들이 생각하는 로스쿨 출신에 대한 좋지 않은 이미지는 훨씬 희석될 것이다.

"자연스럽게 그쪽으로 사람이 몰리겠군."

"네."

대형 사건은 여전히 들어오지 않겠지만 작은 사건들은 그쪽으로 쏠릴 것이다.

그것만 해도 한국에서 쓸어 올 수 있는 사건은 어마어마하다.

"그러면 그곳은 점점 규모가 커질 테고요."

그때 거기서 입사를 조건으로 장학생을 선발한다면 능력 있는 예비 변호사들은 한 번에 쏠릴 게 뻔하다.

"하하하."

송정한은 갑자기 웃음이 나왔다.

자신의 미래가 보이는 것 같았다.

그저 그런 판사 출신 변호사가 아니라, 한국의 법률계를 좌지우지하는 그런 변호사가 되는 미래가.

"좋네. 자네에게 일임하도록 하지."

"걱정하지 마십시오. 아마 이번 일은 상당히 재미있을 겁니다. 후후후."

가장 먼저 해야 하는 것은 새로운 로펌을 만드는 일이었다.

로펌을 만들고 나서 그 후에 변호사를 영입해야 태양을 공격할 수 있으니까.

"이 정도면 적당하지 않을까?"

첫 번째 건물을 보고 손채림이 만족스러운 듯 말했다.

건물 중 두 개 층을 쓰는 정도고 건평은 한 층당 대략 80평, 그러니까 총 160평이다.

이 정도면 절대 작지 않은 규모다.

하지만 노형진은 고개를 흔들었다.

"아니, 너무 작아."

"작다고? 이게?"

"그래, 너무 작아."

"새론은 이런 곳의 4분의 1도 안 되는 곳에서 시작한 걸로 알고 있는데? 아니, 애초에 미국의 거대 기업들은 죄다 차고에서 시작했다고."

"일단 한국은 미국과 달라. 그리고 우리의 목적도 다르고."

그냥 일하는 정도라면 문제가 안 된다.

하지만 노형진의 목적은 빠른 시간 내에 로펌을 키우는 것이다.

그러기 위해서는 충분한 공간도 필요하지만 반대로 클 거라는 확신을 주는 것도 필요하다.

"작은 곳에서 시작해서 크게 키우는 건 확실하고 안전하지. 하지만 그건 시간이 오래 걸려. 우리가 하고자 하는 것은 빠른 시간 내에 크게 키우는 거야. 그러기 위해서는 변호사들이 신청했을 때 받아들일 수 있는 규모가 되어야 해. 그리고 한편으로는 그들에게 기업이 클 수밖에 없다는 생각을 심어 줘야 하지."

"그거야 그런데, 뭘로 기업이 클 수밖에 없다는 걸 증명한다는 거야? 신생 업체라 기록도 없는데 재무재표를 보여 줄 수는 없잖아?"

"그래서 건물이 중요한 거야."

거대한 건물을 사용한다는 것.

그것은 그냥 허세가 아니다. 그곳을 채우겠다는 의지를 보여 주는 것이다.

또한 그 정도 재력이 있다는 것을 보여 주는 것이고.

"지금 대부분의 로스쿨 출신 변호사들은 자리를 못 구하고 있어. 일부는 변호사 자격증을 가지고 일반 기업에 들어가는 판국이지."

"그런데?"

"그런 그들에게 충분한 공간을 제공할 정도의 자금력을 보여 주는 것. 그게 제일 중요해."

"그러면 여기보다 훨씬 더 커야겠네?"

"그렇지."

"얼마나? 두 배? 네 배?"

"음……."

노형진은 잠깐 고민하다가 씩 웃었다.

"새론의 본사쯤?"

"허? 지금 너, 새론이 빌딩 통째로 쓰고 있는 거 알지?"

"응."

180평짜리 8층 빌딩을 통째로 쓰고 있는 새론이다. 규모만 봐서는 한국에서 절대 빠지지 않는다.

그런데 그 규모를 원한다고?

"어차피 중요한 건 양이지 질이 아니야. 당분간은 사람들에게 양으로 승부해야 해."

"채우는 건 언제 하게?"

"시간이 지나면 금방 차. 아마 그거 다 채우는 데 3년도 안 걸릴걸."

"끄응……."

손채림은 자신이 알아본 건물 목록을 펼쳤다.

그리고 선을 좍좍 그어 대기 시작했다.

"이거도 아니고…… 저것도 아니고……. 혹시 무조건 강남이어야 해?"

"그건 아니지만 강남하고 가까우면 좋지."

"강남에 가깝고 그런 빌딩이……."

그녀는 한참을 죽죽 그어 대다가 한쪽에서 멈췄다.

"이거라면 될지도?"

"이건 한 개 층 쓰는 건데?"

"신축이야."

위치는 성남. 아직은 통째로 비어 있는 건물이었다.

손채림은 일단 그곳의 한 층을 쓰는 조건으로 견적을 뽑아 온 것이다.

"건평은 150평. 총 7층 건물이야."

"좋은데?"

그 정도면 충분하다.

강남에서 먼 것도 아니고, 그렇다고 터무니없이 비싼 동네도 아니다.

물론 일반인 입장에서야 입이 떡 벌어지게 비싸겠지만.

"하지만 여기에 통째로 세를 놓으려고 할까?"

"세? 웬 세?"

"그럼 설마……?"

"당연히 사야지."

노형진은 자신의 카드를 흔들면서 씩 웃었다.

⚖️

"일시불로 해 주세요."

노형진이 담담하게 말하자 건물주와 부동산업자는 미친놈 아니냐는 표정으로 바라보았다.

"저기, 신용카드 같은데요?"

"네."

"건물을 일시불로 사시겠다고요?"

"네."

"그게 될 리가……."

"됩니다."

"……."

건물주는 당혹스러운 표정이었다.

이제 막 건물 올려서 세를 놓으려고 하니 갑자기 와서는 통째로 팔란다.

건물 가격이 무려 180억인데 그걸 팔라는 것이다.

어차피 이 건물을 다 쥐고 있을 수는 없고 분할 등기로 팔 려고 했던 것이기 때문에 건물주 입장에서도 손해 보는 건 아니라서 그러겠다고 했다.

그래서 서류까지 다 써 놨는데 카드로 긁겠단다.

'이거 못된 장난인가? 아니면 무슨 몰래카메라 같은 건가?'

그는 주변을 두리번거렸지만 카메라는 보이지 않았다.

하긴, 자신이 뭐라고 몰래카메라로 찍겠는가?

더군다나 당혹스러워하는 부동산업자의 표정을 보니 장난
도 아닌 것 같다.

"긁어 주세요. 180억, 일시불로."

노형진의 말에 부동산업자는 일단 미심쩍은 표정이 되었다.

하지만 일단 노형진의 말대로 긁어 본다고 손해 보는 건
없기 때문에 그는 카드를 받아서 긁었다. 당연히 한도 초과
가 뜰 거라 생각하면서.

그러나……

"결제가 돼?"

결제를 하고 난 후 그는 자신도 모르게 되물었다.

너무나도 자연스럽게 결제가 이루어졌다. 오히려 너무 아
무 일도 없어서 허망할 지경이다.

"무슨 문제라도?"

"결제가 되었는데요?"

"그래서요?"

"그게 문제 아닌가요?"

180억이 결제되는 카드는 평생 살다 살다 듣도 보도 못했

다. 그런데 결제가 된다니.

"그게 왜 문제가 됩니까?"

"으음……."

건물주와 부동산업자는 아무런 말도 못 했다.

문제가 안 된다. 될 리 없다.

"그나저나……."

"네?"

"그 옆에 있는 빌딩이 똑같이 생긴 건데, 같이 지으신 건가요?"

"네? 아, 네. 같이 지은 겁니다."

그는 건물을 올려서 파는 업자였다. 그러니 단가를 아끼기 위해 기존에 있던 설계도를 써서 올린 것이다.

"그러면 두 개가 나란히 같은 형태의 건물이라는 거네요?"

"그렇지요."

노형진은 고개를 끄덕거렸다.

그리고 넘겨받았던 자신의 카드를 다시 건넸다.

"일시불로 해 주세요."

"……."

⚖

"재미있냐?"

"뭐가?"

"그 두 사람, 귀신이라도 보는 듯한 표정이었어."

"그렇기는 하더라, 후후후."

두 사람의 표정을 생각하던 노형진은 키득거렸다.

두 번째 건물까지 그렇게 긁어 버리자 두 사람은 진짜 영혼이 나간 듯한 표정을 지었던 것이다.

"그런데 두 번째 건물이 꼭 필요했어?"

"독창성도 의외로 중요하거든."

"응?"

"똑같이 생긴 건물이 붙어 있으면 의외로 헷갈려. 그래서 이곳에 왔다가 다른 곳으로 갈 수도 있지."

"고작 그 이유 때문에?"

"그건 아니야. 이쪽 지역이 가능성이 있어 보이니까 산 거야."

"그래도 그렇지……. 터무니없네."

고개를 흔드는 손채림.

"터무니없는 거 아직 안 끝났다."

"응?"

"버스 사야지."

"버스?"

"그래, 버스."

"버스는 뭐 하게? 출퇴근용으로?"

"맞다고 해야 하나, 아니라고 해야 하나?"

"응?"

"버스 타고 다니는 변호사는 그다지 능력 있어 보이지 않거든. 그래서 출퇴근용으로는 쓰기 힘들어."

"그럼?"

"법원용."

"법원용?"

"의뢰인들이 편하게 다닐 수 있어야지. 아무래도 주요 법원에서 거리가 있잖아?"

"그러니까 태우고 다니겠다고?"

노형진은 고개를 끄덕거렸다.

"애초에 새론의 비밀스러운 자회사니까 의뢰인에게 고개를 숙이고 들어가는 기본 기조는 다르지 않아. 그렇지만 너무 똑같이 하면 또 차별성이 없잖아."

"그렇지."

"그러니까 버스를 운영하는 거야. 결국 대부분의 의뢰인들은 법원에 가야 하니까."

하지만 법원에 의뢰인이 직접 차를 끌고 가는 것은 무리가 있다.

변호사들이 주요 법원 앞에 자리를 잡으려고 하는 이유는 일단 그 근처에서 변호사를 찾으려고 하는 사람들의 생각 때문이다.

"하지만 성남은 거리가 좀 있단 말이지."

그러니 버스를 운영함으로써 그 타격을 줄인다는 것.

어차피 큰 버스는 필요 없다. 15인승쯤 되는 걸 쓰면 된다.

변호사들도 그걸 타고 갔다 오면 되고 말이다.

"변호사 숫자가 많다는 건 변호사들이 한꺼번에 움직일 일도 있다는 거야."

그럴 때는 변호사들이 버스를 타고 한꺼번에 움직이면 편하다.

"로스쿨 출신 변호사들은 아직은 돈이 없어. 일부 부모의 지원을 받은 사람들을 제외하고는 말이야."

그러니 버스를 지원해 주면 그들은 쉽게 움직일 수 있고, 의뢰인도 움직이기 쉽다. 거리로 인한 손해도 줄일 수 있고 말이다.

"남과 다르다는 것을 확실하게 보여 주는 거야. 그래야 이슈를 타지."

"헐."

"자, 그러면 버스를 사러 갈까? 후후후."

⚖

"딸꾹."

임진기는 자신에게 온 부탁에 자신도 모르게 딸꾹질을 했다.

"괜찮으세요?"

"괜찮, 딸꾹, 은 거, 딸꾹, 같은, 딸꾹, 아니, 안 괜찮, 딸꾹, 네요."

힘겹게 딸꾹질을 하던 그는 결국 바깥으로 나가서 한참 동안 딸꾹질과 씨름을 한 끝에야 안정을 찾고 간신히 돌아왔다.

"그러니까 저보고 로펌의 대표를 해 달라는 건가요?"

"네. 로스쿨 출신만으로 만들어진 로펌입니다."

"하지만 어떻게……."

"임진기 씨만 한 사람이 있나요?"

그는 의사 출신이었다. 그러나 의사들 세계에서 환멸을 느끼고 로스쿨에 들어갔다.

노형진은 그런 그를 기억해 내고 그를 지원해서 어렵지 않게 변호사 자격을 따게 하는 데 성공했다.

"일단 전직 의사라는 점에서 홍보에 도움이 되지요."

"그렇지만 전 큰 병원 의사도 아니었고……."

"그런 건 중요하지 않습니다. 의사였던 임진기 씨가 법률 세계를 몰랐듯이 변호사들도 의사들의 세계는 잘 모르니까요."

"으음……."

"중요한 건 임진기 씨가 의사라는 겁니다. 성공한 자리에서 다른 성공한 자리로 온, 성공한 사람의 표본 같은 존재죠."

"성공한 사람의 표본이라……."

임진기는 쓸쓸한 표정을 지었다.

당장 카드값도 막기 힘든 자신이 성공한 사람의 표본이라니.

"이러니저러니 해도 사람들은 타이틀에 꼬이기 마련이거든요."

"그건 알겠습니다. 그래도 제가 대표를 하는 건 좀……."

"단순히 의사라서 그런 게 아닙니다. 현재 가장 활발하게 활동하는 로스쿨 출신 변호사가 누군지 아십니까?"

"글쎄요? 전 잘……."

"임진기 씨입니다."

"네? 저라고요?"

그는 어리둥절했다.

물론 새론에 와서 이런저런 사건을 하기는 했지만 그렇다고 해서 자신이 딱히 가장 활발하게 활동하고 있다는 생각은 해 본 적이 없었다.

"아니, 왜요?"

"다른 의사 출신이 없으니까요."

"네? 그게 무슨……?"

"애초에 로스쿨에 가실 때 제가 내건 조건이 뭐였는지 기억하시지요?"

"그거야…… 아…….."

그는 자신이 담당하는 사건들을 생각하고는 고개를 끄덕거렸다.

그는 새론에서 의료 쪽 분쟁을 담당하고 있다.

정확하게는, 의사 출신으로 의료 분쟁에서 상대방이 주장하는 치료법이나 상황에 대해 이해할 수 있는 게 그뿐이어서 전국에 있는 모든 의료 분쟁이 그에게 쏠린다고 봐야 한다.

"지금 로스쿨계에서는 임진기 씨의 이름이 널리 알려져 있습니다. 로스쿨 세계에서 가장 성공한 변호사로요."

"이제 1년도 안 되었는데요."

"하지만 로스쿨의 목적에 가장 부합하는 사람이지요."

로스쿨의 목적 중 하나가 각 전공의 전문 변호사 양성이다.

그리고 임진기는 자신의 재능을 살려서 의료 쪽 변호사로 활동 중이다.

"임진기 씨의 그런 면을 감안해서 각 전공을 살린 로펌을 세운다고 하면 얼마나 많은 변호사들이 몰릴까요?"

"그거야……."

로스쿨은 대학원과 같은 개념이다. 그러니 과거의 경험은 중요하지 않다.

심리학과를 나왔어도, 기계학과를 나왔어도 로스쿨에 갈 수 있다. 전에는 노가다를 뛰었어도, 기계 수리공이었어도 로스쿨에 갈 수 있다. 다만 돈이 들 뿐.

"그런 분들을 모아서 로펌을 만드는 겁니다."

"전문 로펌이라……. 그런 게 필요한가요?"

"합니다. 현재 권력을 가진 건 사법시험 출신들이니까요."

그들은 권력을 쥐고 있고, 그걸 이용해서 로스쿨 출신들에게 불이익을 줄 수 있다.

로스쿨생들이 뭉쳐서 저항하기에는, 아직 적당한 단체가 없다.

　　물론 명목상의 단체는 존재한다. 하지만 힘도, 인맥도, 돈도 없는 단체는 사실상 유명무실하다.

　　"우리가 키우는 곳이 그런 힘을 가지게 될 겁니다."

　　"그래서 아까 우리가 한국의 로스쿨생을 지배하게 될 거라고 하신 거군요."

　　"네."

　　모든 로스쿨생들이 오기를 갈망하는 곳.

　　그리고 점차 한국의 변호사들이 오기를 갈망하는 곳.

　　그게 노형진의 목적이다.

　　"건물도, 차량도 모두 준비되었습니다."

　　"음……."

　　"사실상 그곳을 세우고 나면 전쟁 상태에 돌입하게 될 겁니다."

　　"기존 세력과요?"

　　"네."

　　임진기는 노형진의 말을 어렵지 않게 이해했다.

　　그가 머리가 나쁜 건 아니었으니까.

　　사실 임진기 본인은 덜하지만 로스쿨 동기들에게서 로스쿨 출신이라고 온갖 차별을 다 당한다는 이야기는 많이 듣고 있었다.

"대표라……."

지금까지 단 한 번도 생각해 본 적이 없는 이름이었다.

하지만 자신이 그럴 능력이 있다고 생각되지도 않았다.

아니, 하고 싶어도 돈이 없었다.

그리고 그건 지금도 문제가 된다.

"하지만 전 그 정도 돈이 없습니다. 건물 같은 걸 확보한다고 해도 결국은 월세를 내야 하는데, 그걸 무상으로 받을 수는 없지 않습니까?"

"그건 그렇지요. 하지만 계약은 자유니까요."

"네?"

"전 월세로 건물을 구한 게 아닙니다. 그 건물은 이제 제 겁니다."

"헐?"

"그리고 건물주로서 월세를 얼마를 받든 그건 제 마음이구요."

"으음……."

그러면 가장 부담이 되는 월세가 확 줄어든다.

초반에 돈이 없기는 하겠지만 서로가 서로를 도와주면서 버티면 인건비도 줄일 수 있다. 새론처럼 팀으로 움직이기까지는 상당한 시간이 걸리겠지만.

"물론 초반에는 힘들 겁니다. 기존 세력이 괴롭히기도 할 테고요."

"어차피 많이 듣기는 했지요."

"이런 말이 있지요. 상대방이 이유 없이 자신을 싫어한다면 그 이유를 만들어 주라는."

저항하나 안 하나 어차피 로스쿨 출신은 당분간 무시당할 수밖에 없다.

게다가 그때가 세력을 뭉치기에는 가장 적기이다.

"후우……."

임진기는 얼굴을 부여잡고 고민했다.

하지만 고민은 짧았다.

"하겠습니다."

명목상의 대표라고 하지만 초거대 로펌의 대표다.

그게 잘 안된다고 해도 자신은 새론으로 돌아가면 그만이다.

자신이 잃을 게 별로 없다면 하는 게 맞다.

"잘 생각하셨습니다."

"하지만 그래도 홍보하려고 한다면 뭐가 있어야 하는데요. 갑자기 사람을 구한다고 해도 사람들이 올까요? 실력 있는 사람들은 죄다 대형 로펌에서 이미 데려갔을 텐데요."

노형진은 씩 웃었다.

"걱정하지 마세요. 사람은 금방 채울 수 있습니다."

"어떻게요?"

"저쪽에서 사람을 보내 줄 테니까요."

노형진의 당혹스러운 말을, 임진기는 어떻게 받아들여야 하나 고민할 수밖에 없었다.

변호사 잡는 변호사

"뭐? 업무상 배임으로 인한 손해배상 및 수임료 반환 청구 소송?"

태양으로 날아온 한 장의 소장.

그걸 받아 든 변호사들은 코웃음을 쳤다.

"이건 또 뭔 미친놈이야?"

"푼돈 아쉬운 놈들이 또 장난치는 모양인데?"

소위 버려진 사건들이 적지 않은 만큼 억울한 사람들도 많다.

일부는 포기하지만 어떤 사람들은 그걸 돌려받기 위해 소송을 한다.

"이런다고 푼돈 받을 수 있는 것도 아닌데 말이지."

코웃음을 치면서 미소 짓는 변호사들.

"또 누구야?"

"홍태섭이라는데?"

"그게 누군데?"

버려진 사건이니 무슨 사건인지 기억도 나지 않는 듯 서로가 서로에게 물어보는 상황이다.

얼마 전까지 자신들이 대리했던 사건인데도 불구하고 말이다.

"아아, 기억났다. 그 병신 말이야."

"병신?"

"정신지체인데 불 질러서 사람 죽인 사건 말이야."

"쯧쯧, 그거였나? 불쌍하기는 한데, 이런다고 돈을 받을 수 있을까?"

변호사들은 비웃듯이 말했다.

이런다고 해서 돈을 돌려받을 수 있는 게 아니었기 때문이다.

어차피 판사도 변호사 편이다. 그런데 돈을 받게 해 줄 리 없다.

다들 느긋하게 이야기하는 그때, 누군가의 말에 갑자기 분위기가 싸늘해졌다.

"그러고 보니…… 그 사건, 우리가 손 떼고 나서 노형진이 넘겨받지 않았어?"

"뭐?"

"아니, 그런 소문을 들은 것 같아. 우리 이후에 돈이 없어서 평등재단에 갔는데 거기서 새론으로 넘겨줬다고……. 그 후에 노형진이 담당했다던가?"

다들 얼굴이 딱딱하게 굳었다.

다른 변호사라면 모르지만 노형진이면 곤란하다.

그는 변호사끼리의 동업자 의식이 약한 걸로 유명하다. 대상이 되면 말 그대로 분쇄기처럼 덤벼든다.

"그거 설마…….'"

"야, 그거 사건 어떻게 되었는지 알아?"

그들은 당혹해서 사건 기록을 뒤지기 시작했다.

그리고 먼저 찾은 사람은 당혹감을 감추지 못했다.

"이거 이겼는데?"

"당연히 이겼겠지. 노형진이 맡았다며!"

"아니, 그 정도가 아니야. 진범을 찾았는데?"

"진범? 무슨 진범?"

"아니, 불 지르는 동영상까지 다 있는데 무슨 진범이야?"

상식적으로 그런 증거까지 있다면 진범 따위를 생각하지 않는다.

하지만 진범이라는 말에 다들 어리둥절한 얼굴이 되어서 판결문을 읽어 보기 시작했다.

그리고 어느 순간 신음 소리를 낼 수밖에 없었다.

"으음…….'"

"이런 건 전혀…….'"

"도대체 어떻게 안 거야?"

어차피 병신이라서 제대로 처벌받지 않을 거라 생각하고 버린 사건이다.

그런데 사실은 진범이 따로 있었고, 노형진은 경찰도 모르던 그 진범을 알아내서 체포까지 했다.

"큭…… 역시 노형진이라는 건가?"

누군가의 말에 다들 입을 다물었다.

자신과 노형진의 갭이 너무나 컸기 때문이다.

"그러면 우리한테 청구한 놈은 노형진이라는 소리네."

"싯팔……."

다들 당황했다.

노형진이 변론을 담당한 이상 쉽게 끝날 싸움이 아니기 때문이다.

그렇다고 그냥 물러서자니, 법무 법인 태양이라는 이름의 가치가 너무나 비쌌다.

"어?"

그런데 다들 침묵을 지키는 와중에 소장을 확인하던 누군가 한 소리를 했다.

"노형진이 아닌데? 새론도 아니야."

"뭐? 그게 무슨 소리야?"

"전혀 다른 놈인데?"

"뭐가?"

"담당 변호사 말이야."

"그게 누군데?"

"법무 법인 하늘."

"하늘? 그건 또 뭐야?"

처음 듣는 곳이었기 때문에 다들 어리둥절했다.

물론 모든 로펌을 다 아는 건 아니지만 당연히 새론에서 할 거라 생각했기 때문이다.

새론이 돈을 많이 받는 것도 아니고, 때로는 무료 변론도 하곤 하니까.

그런데 하늘이라니?

"뭐야? 새로 생긴 곳인데?"

"새로 생긴 곳?"

"잠깐만."

기록을 확인하던 남자의 얼굴에 자연스럽게 미소가 떠올랐다.

"왜 그래?"

"전관이 새로 만든 곳이야?"

"전관? 전관 같은 소리 하고 자빠졌네."

"응?"

"로스쿨 출신이다."

"뭐?"

"안 봐도 뻔하네."

제대로 로펌에 취업하지 못한 그저 그런 변호사가 일단 변호사 자격증이 있으니 개인 사무실을 오픈하는 일이 요즘 흔하다.

"소속 변호사 이름들 보니 죄다 로스쿨 출신이야."

"뭐야? 그저 그런 놈들이 뭉친 것뿐이잖아?"

"어쩐지, 새론이 이딴 일을 받을 리 없지."

어찌 되었건 변호사를 공격하는 일인 만큼 새론에서도 부담을 느낄 수밖에 없다.

자신들도 변호사니까.

"보아하니 그저 그런 놈들이 뭉쳐서 만든 곳까지 어찌어찌 흘러들어 간 모양이네."

"다행이다."

다들 하늘이라는 새로운 곳이 이 소송을 받았다는 사실에 안도의 한숨을 내쉬었다.

"별일은 아니겠는데."

"그렇겠지?"

판사가 적당히 합의를 종용하고 그걸 받아들이는 걸로 끝날 것이라는 생각에 다들 무심하게 넘겼다.

"일단 보고는 하자고."

"그래야지. 그래야 일단 판사들에게 전화라도 한 통 하지."

그들은 별일이 아니라고 생각했다.

하지만 그 일로 인해 자신들이 피바람 속에 내던져질 거라고, 그들은 꿈에도 알지 못했다.

⚖️

"역시나 별 반응이 없는데요?"

역시나 태양에서 아무런 반응도 없자 임진기는 씁쓸하게 웃었다.

"뭐, 그쪽은 별거 아니라고 생각할 테니까요."

어깨를 으쓱한 노형진.

"그나저나 이번 사건은 어떻게 하실 건가요? 아실 테지만 이런 사건은 판사가 저쪽을 편들어 주는 경우가 대부분인데. 일단 배임했다는 증거도 없고."

저들이 제대로 변론하지 않았다는 증거는 찾기 힘들다.

출석했다는 것 자체가 변론했다는 증거이기 때문이다.

"첫 번째는 출석한 변호사를 찾는 게 우선입니다."

"출석한 변호사요? 하지만 그거야 법원에 알아보면 되지 않습니까?"

"그건 그렇지요. 하지만 그러면 너무 쉽지요. 재미도 없고."

"네?"

이 상황에서 재미를 찾는 노형진의 말에 어안이 벙벙한 표정이 되는 임진기.

"그러면 어떻게 하시려고요?"

"간단합니다."

노형진은 목록을 흔들었다.

거기에는 수많은 사람들의 이름이 올라가 있었다. 일단 아무나 내보내야 하니까 죄다 올려 둔 것이다.

"이 사람들을 모조리 불러들이는 겁니다."

"헐?"

"싫으면 출석한 놈을 내놓겠지요."

임진기는 왠지 씁쓸한 얼굴이 되었다.

⚖️

"이게 뭐야? 우리보고 증인 출석하라고?"

아무 이름이나 막 올라갔다고 하지만 어찌 되었건 제대로 된 변호사들이다.

그들에게 증인으로 출석하라고 하니 뭐라고 할 수가 없었다.

그렇다고 마음대로 출석하지 말자니 아무래도 영 켕기는 것은 어쩔 수가 없었다.

"이 사건 목록은 내가 보지도 못했는데 왜 내가 증인이야?"

"누구는 아닌가?"

변호사들은 눈을 찌푸렸다.

이런 사건은 자신들이 관리하는 게 아니다. 그냥 상황을 봐서 스케줄 비는 사람에게 나가 주십사 하고 직원들이 부탁한다.

그러니 목록도 본 적이 없을 수밖에.

"야, 이 새끼야! 이거 뭐야?"

"그게……."

"너희, 이따위로 일할 거야?"

졸지에 증인으로 나가게 된 변호사들이 화를 내자 해당 부서 직원들은 땀을 뻘뻘 흘릴 수밖에 없었다.

"당장 확인해 보겠습니다."

결국 굽신거리던 그들이 할 수 있는 것은 그날 출석한 변호사를 찾는 것뿐이었다.

그거야 어렵지 않은 일이었다.

문제는 그 이후다.

이런 사건에 나가는 변호사는 뻔하다. 그리고 그 뻔한 사람은 다름 아닌 로스쿨 출신의 신입이었다.

퍽.

날아온 서류가 얼굴에 맞아서 바닥에 떨어졌는데도 출석을 했던 남지성은 아무런 말도 못 했다.

"이 새끼야, 일을 제대로 하기는 한 거야?"

"그게……."

"이러니까 로스쿨 출신 쓰지 말라는 말이 나오는 거야. 아니, 이딴 사건도 지냐? 너 병신이야? 병신이냐고!"

"죄송합니다."

남지성은 죄송하다는 말밖에 할 수가 없었다.

사실 자신의 잘못은 없다. 하지만 이렇게 고개를 숙이는 것 말고는 그가 할 수 있는 게 없었다.

'젠장. 이건 내 사건이 아니라고.'

사실 이런 사건은 소위 막내 변호사들이 돌아가면서 나가는 것이 보통이다.

그런데 원래 가기로 되어 있던 변호사가 아빠가 부른다면서 쪼르르 나가 버린 것이 문제였다.

'개새끼.'

그의 아버지는 판사 출신의 힘 있는 사람인 반면, 자신은 어찌어찌해서 간신히 들어온 사람이었다.

그래서 그 녀석이 나가 버리고 나자 졸지에 자신에게 사건이 떨어졌을 때 안 된다고 할 수가 없었다.

문제는 그 녀석이 관련 서류를 몽땅 가지고 갔다는 것이다.

그 때문에 그가 출석할 때는 아는 것이라고는 이름과 사건 번호뿐이었고, 심지어 사건의 종류도 몰랐다.

'그래 놓고 나한테 뭐라고 하다니.'

엄밀하게 말하면 자신의 잘못이 아니다.

아무리 로스쿨 출신이라고 하지만 이 정도로 개판은 아니다. 하지만 죄가 뭔지 모르는데 무슨 방어를 한단 말인가?

'염병할……'

그렇다고 안 나간다고 하면 졸지에 찍혀 버리는 건 자신이다.

자신은 잘라도 그만이지만 부장판사의 아들을 자를 리 없으니까.

"이 새끼야, 어떻게 해결할 거야?"

"제가 출석해서……."

"야, 이 새끼야! 장난해? 이미 증인 신청이 들어왔잖아! 그런데 네가 가서 뭘 어쩔 건데? '제가 출석했으니 제가 나왔습니다.'라고 할 거야?"

"……."

만일 자신들이 나가지 않으면 증인 불출석이 된다.

물론 재판부에서 증인을 받아 줄지에 대해서는 선택할 수 있다.

문제는 이미 받아들였다는 것.

이 상황에서 해결책은 하나뿐이다.

증인 철회를 요청하는 것.

"제가 가서 증인 철회를 요청해 보겠습니다."

"알아서 해결해, 이 새끼야."

다시 한번 날아온 서류를 맞은 남지성은 고개를 푹 숙이고 바깥으로 나왔다.

그런데 바깥에는 그런 그를 지켜보는 사람들이 모여 있었다.

"쯧쯧, 역시 로스쿨 출신들이란."

"무능해요, 아주."

"저런 걸 무슨 변호사라고."

자신을 명백하게 비웃는 사람들의 모습에 그는 입술을 깨물었다.

'젠장할.'

하지만 남지성은 분노할지언정 항의할 수가 없었다.

자신이 여기서 나가게 되면 어떤 꼴을 당할지 알기 때문이다.

'로스쿨? 변호사? 개 같은 놈들.'

로스쿨을 나와서 변호사 자격증을 따게 되면 자신의 인생이 필 거라 생각했다.

하지만 현실은 그렇지 않았다.

돈이 없어서 사무실을 열 여건도 안 되고, 그렇다고 대형기업에 들어갈 정도로 스펙이 좋은 것도 아니다.

이 자리도 동기였던 녀석을 물고 빨아서 겨우 얻은 것.

"변호사 망신은 로스쿨 출신들이 다 시킨다니까."

누군가의 말에 그는 고개를 푹 숙였다.

사건의 원인을 제공한 동기에게는 누구도 이런 말을 하지 않는다.

아니, 못 한다.

결국 로스쿨이라는 것은 능력이 안 되는 그들이 변호사로 데뷔하기 위한 통로로 바뀐 지 오래.

"후우……."

그는 한숨을 쉬면서 고개를 푹 숙이고 그곳을 나왔다.

자신이 할 수 있는 것은 하나뿐이었으니까.

"죄송합니다. 증인 신청 철회 좀 부탁드립니다."

남지성은 임진기를 찾아가서 고개를 푹 숙였다.

어쩔 수 없다.

그가 증언 철회를 요청하지 않으면 다른 선배 변호사들이 증인석으로 불려 가야 하는데, 그렇게 되면 자신은 그 자리에 있을 수가 없다.

"알겠습니다."

그런데 의외로 임진기는 쉽게 증언 철회를 받아들였다.

"하지만 소송을 포기하지는 못합니다."

"그건……."

입술을 깨무는 남지성.

'젠장할.'

안 봐도 뻔하다.

소송을 포기하지 않는다면 회사에서는 모든 책임을 자신에게 뒤집어씌울 것이다. 그러면 그 배상금을 전부 자신이 책임져야 한다.

'내가 무슨 돈이 있다고.'

돈이 없어서 온갖 알랑방귀를 뀌고 힘들게 들어간 곳이다.

그런데 이렇게 독박을 쓰고 해직당하게 되다니.

'아니, 당연한 건가?'

애초에 자신 정도 되는 스펙을 가진 사람이 태양에 들어가는 것은 무리였다.

아무리 부장판사 아들이 도와줬다고 해도 태양쯤 되면 그 정도 전관은 흔하게 넘친다.

그렇게 능력이 있고 스펙이 넘치는 사람이 있다면 그 아래에서 더러운 일을 뒤집어쓸 사람도 필요하다.

'씨발, 여기서도 이 꼴이네.'

전에 다니던 곳에서도 그래서 해직당했다. 소위 상관이 저지른 죄를 직접 뒤집어쓰고 잘렸다.

그래서 그 꼴을 안 당하려고 변호사를 하려고 기를 썼다.

그런데 바뀐 것은 없다는 사실에 그는 절로 한숨이 나왔다.

"그런데."

임진기는 말을 하다가 그를 한참 물끄러미 바라보았다.

"로스쿨 출신이라고 많이 무시당하시죠?"

"네?"

"압니다. 제가 로스쿨 출신 아닙니까?"

"로스쿨 출신이시라고요?"

"네, 하하하."

남지성은 어리둥절했다.

딱 봐도 어마어마한 규모의 로펌이다. 건물 두 개에 '법무 법인 하늘'이라고 붙어 있다.

그런데 로스쿨 출신이라고?

'미친 건가? 아니면…….'

로스쿨 출신이 나온 지 이제 1년이 안 지났다.

그런데 이 정도의 로펌을 만들 수 있다는 게, 남지성은 이해가 가지 않았다.

"적당한 투자자를 만났습니다."

"투자자를요?"

"네. 그래서 제가 만들었지요."

"도대체 얼마나 투자받았기에…….."

무려 건물 두 개를 통째로 쓴단 말인가?

"뭐, 대부분은 비었지만요."

"그건 그런 것 같던데요."

대부분의 건물은 비어 있다.

일부 변호사들이 있기는 하지만 그들은 새론에서 키운 사람들이다. 다른 변호사는 아직 포섭되지 않은 상황.

"그래서 그러는데, 혹시 이직 생각 안 하십니까?"

"네? 이직요?"

"네. 저희가 인원을 보충해야 해서요."

"그건…….."

남지성은 이해하지 못하는 표정으로 임진기를 바라보았다.

자신은 소송을 진행해야 하는 상대방 변호사다. 그런데 왜 자신을 스카우트하려고 한단 말인가?

"사실 이런 경우에 어떤 취급 받으실지, 뻔하지 않습니까?"

"하아⋯⋯."

현실적인 문제를 말하자 남지성은 한숨을 내쉬었다.

안 봐도 뻔하니까.

아까도 생각했지만 자신은 모든 죄를 뒤집어쓰고 쫓겨날 것이다.

"하지만 저항하지는 못하죠. 아실 겁니다."

"그거야⋯⋯."

"조사해 보니 이미 사회 경험이 좀 있으시더군요. 원래 전자 쪽 연구원이셨던데."

"벌써 조사하신 겁니까?"

"기본이니까요."

남지성은 씁쓸한 표정이 되었다.

하긴, 당연하다면 당연한 일이다.

'그리고 보니 임진기라는 변호사, 새론 출신이던가?'

새론은 사건 하나 허투루 하지 않는다.

상대방에 대한 충분한 조사를 하고 게임을 시작한다.

그래서 승률도 어마어마하다.

그곳에서 배웠다면 아마 지랄 발광을 해도 이기지 못할 것이다.

"뭐, 그러면 말씀드리지 않아도 아시겠군요."

"그래서 오시라는 겁니다."

"오라고요?"

"네. 왜 저항하지 못하시는 건가요?"

"그거야……."

매장당하니까.

저항하면 고작 로스쿨 출신인 자신이 갈 곳은 없다.

그렇다고 개인 변호 사무실을 오픈하자니 돈이 없고, 설사 어찌어찌 오픈한다고 해도 태양쯤 되면 개인 변호사 하나 말려 죽이는 것은 어렵지 않다.

"하지만 당신을 지켜 줄 세력이 있다면 어떨까요?"

"무슨 말씀이십니까?"

"말 그대로입니다. 아무리 태양이라고 해도 변호사들 수십 명이 떼거리로 달라붙어서 싸우자고 덤비면 부담스러울 수밖에 없지요."

"네?"

남지성은 고개를 번쩍 들었다.

배움의 시간이 부족했을 뿐 로스쿨 출신이 바보인 것은 아니다. 당연히 임진기가 하는 말이 뭔지 알아들었다.

"저를 위해 싸워 주시겠단 말인가요?"

"남지성 씨만이 아닙니다. 고통받는 로스쿨 출신 변호사들을 위해 제가 나선 겁니다."

"그러면……."

"그들이 뭉쳐서 서로를 위해 싸운다면 태양이 섣불리 건드릴 수 있을까요?"

"허⋯⋯."

아무리 태양이라고 하지만 그건 부담스럽다.

변호사 하나 말려 죽이는 건 어려운 일이 아니지만, 현재 법무 법인 하늘은 스무 명 정도의 인원을 데리고 있다.

그들을 한꺼번에 말려 죽이려 들면 상당히 곤혹스러운 싸움이 될 것이다.

"그리고 저는 사람을 더 뽑을 겁니다."

"더 뽑는다고 한다면?"

"로스쿨 출신으로만 이곳을 채울 겁니다."

남지성은 침을 꿀꺽 삼켰다.

나란히 서 있는 두 개의 건물.

이 두 건물을 다 채우려면 얼마나 많은 변호사가 필요할까?

그러면 수백 명인데, 아무리 태양이라고 해도 그런 터무니없는 싸움은 못 한다.

말 그대로 배보다 배꼽이 크니까.

'그건 할 수가 없는 싸움이지.'

그렇게 되면 대한민국 법조계는 두 개로 나뉘게 된다.

로스쿨 출신 아니면 사법시험 출신.

절대 법률계에서 원하는 게 아니다.

"그러니까 저보고 이곳으로 오라 이건가요?"

"네. 그렇게 되면 우리가 충분히 보호해 드릴 수 있지요."

"그러면 배상금은…… 제가 물어낼 이유가 없겠군요."

"그렇지요."

태양이 자신을 말려 죽일 수 없다는 사실이 명확하다면 이들에게 사실을 말하면 그만이다.

이번 사건은 누가 봐도 그들의 잘못이니까.

"그러면……."

남지성의 눈빛은 격하게 흔들렸다.

어차피 자신의 퇴출은 정해진 수순이다. 그렇다면 자신도 살 방도를 찾아야 한다.

"그러면 제가 해야 할 건 뭡니까? 죄를 인정하는 건가요?"

아무리 재판부가 태양 편을 들어 주려고 한다고 해도 자신이 죄를 인정해 버리면 그럴 수 없다.

당연히 태양은 받은 돈을 토해 내야 한다.

"그것 말고도 또 있습니다."

"또 있다니요?"

"이런 버려진 사건에 대한 자료를 가지고 오실 수 있나요?"

"네? 하지만 그건……."

변호사는 기밀을 유지해야 하는 의무가 있다.

그러니 임진기가 요구하는 것은 그 의무를 위반하라는 뜻이 된다.

"아아, 오해는 하지 마세요. 다 가지고 오라는 게 아닙니다. 그저 우리가 연락할 방법을 찾아 달라는 겁니다."

전화번호 같은 건 기밀 유지 조항에 해당되지 않을 것이다.

그런 걸로 전화해서 지난번 재판이 억울하다고 생각되면 의뢰하라고 하면 되는 것이다.

"그러면……."

아마 억울하게 졌다고 생각하는 사람들은 의뢰비를 반환하라고 소송을 걸 가능성이 높다.

"후우……."

그 이후에 어떤 일이 벌어질지 예상한 남지성은 숨이 가빠왔다.

"어떻게, 생각 있습니까?"

"네."

고민은 짧았다.

아니, 사실상 없다고 봐도 무방했다.

이대로 가 봤자 자신에게 남은 건 파멸밖에 없지 않은가?

"그러면 태양뿐만 아니라 다른 곳도 다 하는 건가요?"

"필요하다면요. 일단 저희는 저희 존재감을 드러내야 합니다. 그래서 변호사를 때려잡음으로써 우리 존재감을 드러낼 겁니다."

"변호사를 때려잡는다?"

"네. 제대로 일을 하지 않는 변호사들이 생각보다 많지요. 그들을 때려잡고 사실상 퇴출시킬 방법을 찾을 겁니다."

"헉!"

물론 틀린 말은 아니다.

변론이라는 것은 상당한 사고를 요하는 과정이다.

하지만 오로지 국영수만으로 변호사가 된 사람들은 그러한 사고력이 많이 부족하다.

"그들의 자리를 우리가 빼앗는 겁니다."

"하지만……."

"아실 겁니다. 이미 한국의 변호사 시장은 포화 상태입니다. 로스쿨이라고 이름은 거창하지만, 로스쿨 이전에 이미 최소한의 수익도 내지 못하는 변호사들이 넘쳐 납니다."

"……."

"우리라고 뭐가 다를까요?"

"……."

"세상은 바뀌었습니다. 자영업자들은 서로를 밟고 올라서죠. 변호사도 마찬가지입니다."

"……."

"거기에다 사법시험 출신들은 사법연수원 동문이라는 감정도 있겠지요. 하지만 우리는? 그런 거 없습니다. 오로지 실력으로 승부하면 됩니다."

남지성은 고개를 끄덕거렸다.

이미 이 시장은 약육강식이다. 끼리끼리 잘 먹고 잘 사는 시대는 지났다.

변호사 역시 온갖 미사여구로 치장해도, 이제는 자영업자.

'그래, 내가 나쁜 게 아니야.'

세상이 바뀌었고 자신은 거기에 따라가는 것뿐이다.

애초에 로스쿨의 목적이 뭔가? 경쟁을 통해 국민들에게 양질의 법률 서비스를 제공하는 것이었다.

지금처럼 가진 자들의 타이틀 따기 게임이 아니라.

그 자신이 잘못된 게 아니라 원래 목적대로 돌아가는 것뿐이었다.

"하겠습니다."

남지성은 고개를 격하게 끄덕거렸다.

⚖

"역시나."

노형진은 예상대로 이쪽으로 넘어오는 로스쿨 출신 변호사들을 보면서 미소 지었다.

"아니, 이렇게 쉽게 넘어온다고? 그렇게 실력이 많이 부족한 거야?"

"많이 부족하다기보다는 일종의 기 싸움인 거지."

로스쿨 출신보다는 낮다는 생각에 무시하는 기존 변호사들. 그리고 그들의 아래로 들어갈 수밖에 없는 현재의 구조.

"더군다나 지금으로서는 로스쿨 출신 변호사들에게 투자하는 사람들이 없거든. 그러니 어쩔 수 없이 기존 업체로 들어갈 수밖에 없고. 무시하는 사람한테 정상적인 변호를 맡기겠어?"

"그래서 무시당한 사람들이 속에 쌓인 게 많았다 이거구나."

"정답이야."

그렇게 쌓이고 쌓인 분노 때문에 로스쿨 출신들이 너도나도 이곳으로 오기 시작했다.

당연히 법무 법인 하늘은 무서울 정도로 성장하기 시작했다.

"하지만 이건 외적인 성장이잖아. 사람이 많으면 뭐 해? 제대로 된 사건을 받아야지."

"그건 걱정하지 마. 내가 그건 준비해 놨으니까."

"헐?"

손채림은 어이가 없었다.

한두 명도 아니고 수백 명의 변호사들이 있는데 그들을 위해 사건을 준비해 놨다니?

"일단은 현재 이름을 알리는 것부터 시작하자고."

"태양 쪽은 별문제가 없을 것 같은데."

남지성이 죄다 까발려 버리는 바람에 태양은 난리가 났다.

그래서 당장이라도 때려치우라고 협박했는데, 그 말이 나오기가 무섭게 남지성은 사표를 내고 하늘로 쪼르르 달려왔다.

엄청난 수의 전화번호와 함께 말이다.

"과연 기존 법률 회사들은 어떻게 할지 두고 보자고."

쾅!

법무 법인 태양의 분위기는 살벌하다 못해 칼날 같았다.

그럴 수밖에 없는 게, 업무상 배임으로 들어온 소송이 오늘 자로 백 건이 넘는다.

총소송 가액은 대략 40억.

아무리 태양이 커다란 곳이라고 하지만 절대로 작은 금액이 아니다.

"일을 이따위로 처리하는 거야!"

남지성이 가지고 온 전화번호를 바탕으로 소송에서 억울하게 진 경험이 있는 사람을 찾아내 의뢰를 받아서 태양을 고소하자, 점점 그 숫자가 늘어나고 있었다.

"벌써 배상금이 40억이야! 무슨 일을 이따위로 하는 거야! 어!"

"죄송합니다."

"지금 죄송으로 해결될 일이야!"

이사들은 분노로 길길이 날뛰었다.

아랫사람을 제대로 통제하지 못해서 일을 이 지경으로 만들다니.

고개를 숙이는 다른 변호사들.

"아아, 조용."

그러자 조용히 듣고 있던 손하균은 손을 들어서 조용히 하라는 신호를 보냈다.

그러자 지금까지 길길이 날뛰던 이사는 순간 입을 꾸욱 다물 수밖에 없었다.

아무리 자신이 화를 낸다고 해도 결국 이곳의 주인은 손하균이기 때문이다.

법률적으로는 원래 변호사는 평등하게 구성되는 것이 법무 법인이다.

하지만 현실은 언제나 그렇지 않다.

국민들도 법률적으로는 평등하지만 정치인들은 국민들에게 개돼지라고 대놓고 말하고 다니는 게 현실인데 이 세계에서 평등이라는 게 있을 리 없다.

"그래서 우리가 버린 사건이 얼마나 되지?"

"대략 삼백 건 정도……."

"그중에서 채권 기간이 남아 있는 사건은?"

"대략 여든 건 정도 됩니다."

"생각보다는 많지 않군."

"그저 그런 사건들은 모두 다른 곳으로 보내 버려서……."

태양쯤 되면 몇백만 원짜리 사건은 하지도 않는다. 무조건 억 단위는 넘겨야 한다.

"그중에서 소송이 들어온 게 마흔 건이라……."

"네."

"법무 법인 하늘이라고?"

"네."

손하균은 눈이 절로 찡그려졌다.

자신의 계획에 이런 사항은 전혀 없었다.

변호사를 잡아먹는 변호사?

설마 한국에 그런 존재가 나타날 줄은 몰랐다.

'내가 너무 태만했나?'

사실 그런 변호사는 다른 나라에서는 흔하다.

하지만 한국 특유의 문화와, 사법시험 후 사법연수원을 거치면서 동기가 된다는 과정 때문에 지금까지는 그런 사람이 없었을 뿐이다.

'확실히 로스쿨 출신이 그럴 이유는 없지.'

로스쿨 졸업 후 변호사 시험을 거치고 연수가 끝나면 그때부터는 변호사다.

동기도 없는 만큼 그런 변호사가 생기는 것은 어찌 보면 당연한 일이었다.

"할 수 없지."

"네?"

"버린 사건들은 어떻게 할 수 없지 않나? 전화번호를 가지고 간 게 불법은 아니라며?"

"네. 그게……."

업무와 관련된 사항이 포함된 것도, 업무에 관련해서 기밀을 누설한 것도 아니다.

오로지 전화번호만 확인해서 연락한 것뿐이다.

"아무래도 비밀 누설에는 해당되지 않아서……."

"어쩔 수 없군. 버려진 사건들은 포기해야지."

"네? 그 말씀은……?"

"방법 있나?"

"……."

변론의 기록은 법원에 다 기록이 남아 있다.

그리고 재판이 들어가서 그걸 열람하면 이쪽이 일을 했는지 안 했는지는 알아내는 건 어렵지 않다.

"배상해야지."

"손 대표님!"

"고작 40억 가지고 시끄럽게 하지 말라고."

"하지만……."

지금 손하균의 신경을 건드리는 것은 따로 있었다.

임진기?

그런 인간은 신경도 안 쓴다.

능력 있는 변호사로 이름을 날린다지만 자신에 비하면 새 발의 피다.

진짜 신경 쓰이는 건 새론이다. 정확히는, 노형진이다.

'임진기 그놈이 새론 출신이란 말이지.'

그리고 거기에는 노형진이 있다.

새론의 변호사들은 충성도가 높기로 유명하다.

그런데 그런 곳에서 학창 시절부터 등록금과 생활비까지 지원받은 사람이 그들을 배신하고 독립된 법무 법인을 세운다? 그것도 수백억을 후원받아서?

'뭘 노리는 거지?'

실력도 미천한 로스쿨 출신들을 데리고 뭘 하려는 건지, 손하균은 이해가 가지 않았다.

더군다나 이런 일은 자신들에게만 벌어지고 있는 게 아니다.

다른 곳들도 이런 식으로 버려진 사건에 대해 로스쿨 출신들이 손을 대고 있었다.

그렇다 보니 당분간은 이런 일로 법률계가 시끄러울 수밖에 없다.

하지만 그렇다고 해서 그냥 당할 수도 없는 노릇.

'뭘 하는지 모르겠지만.'

손하균은 마음을 굳혔다.

끌려갈 수는 없다. 저쪽이 로스쿨 출신을 이용하려고 한다는 걸 안 이상 더더욱.

"잘라."

"네? 뭘 자르란 말씀이신지요?"

"로스쿨 출신들 말이야. 다 잘라."

"다요?"

"그래. 물론 어르신들의 자제분들 빼고 말이야. 안에 스파이를 키울 수는 없잖아."

"네. 알겠습니다, 대표님."

문제는 간단했다.

내부의 정보를 빼내 가는 것이 목적이라면 그걸 빼내 갈
수 있는 놈을 두지 않으면 된다.

40억 정도 손해야 보겠지만 어차피 없었던 사건으로 치부
하면 된다.

자신들에게는 그보다 더 큰 사건이 넘쳐 나니까.

"뭘 어떻게 이용해 먹을 생각인가 본데, 없는 건 이용해
먹지 못하니까, 후후후."

손하균은 미소를 지었다.

하지만 그는 이미 부처님 손바닥 안에 있다는 사실을 알지
못하고 있었다.

⚖️

"진짜로 자르는데요?"

임진기는 어이가 없다는 얼굴이 되었다.

로펌들은 너도나도 로스쿨 출신들을 자르기 시작했다.

해직된 로스쿨 출신 변호사들은 억울하다고 항변했지만
그들은 들은 척도 하지 않았다.

그저 혹시나 새어 나간 게 없나 확인만 할 뿐이었다.

"저쪽에서 보내 줄 거라고 했잖습니까?"

"그건 그런데……."

설마 이렇게 손쉽게 잘라 버릴 거라고 생각하지는 않았다. 아니, 못 했다.

"당연하지요. 변호사 잡는 변호사들은 로스쿨 출신이니까."

당연히 배신자라 생각을 한 것이다.

그리고 실제로 노형진이 남지성같이 버려질 수밖에 없는 로스쿨 출신을 이용한 것도 사실이고.

"그러면 남지성을 받아들이라고 한 이유가……."

"저쪽에서 색안경을 끼게 만들어야 하니까요."

남지성뿐만이 아니다.

그쪽에서 버려질 수밖에 없는 사람들을 설득해서 데리고 나왔고, 그 와중에 버려진 사건 당사자들의 전화번호를 가지고 나오게 했다.

"처음에는 그저 몇 명일 뿐이었겠지요. 하지만 몇몇 로펌들이 이번에 입은 타격은 꽤 크지요. 그러면 기존 로펌들은 어떤 대응을 해야 할까요?"

"아……."

로스쿨 출신들이 비중이 높은 것도, 권력의 핵심도 아니다. 사실 이 세계에서의 비중만 본다면 최하층이다.

사법시험이 완전히 사라진 것도 아닌 만큼 그들은 상대적으로 무시당할 수밖에 없다.

"그들이 이제 자리를 구하려고 할 겁니다. 하지만 있는 사람도 자르는 판국에, 과연 주려고 할까요?"

"그럼……."

"이쪽으로 오겠지요."

노형진은 씩 웃었다.

"그리고 그들은 기존 변호사들에게 좋지 않은 감정을 가지게 되었습니다. 그러면 어떻게 할까요?"

아마 기회가 된다면 잡아먹으려고 들 것이다.

그리고 기회는 다름 아닌 버려진 사건들.

'제대로 틀어졌군.'

이번 사건으로 알게 모르게 이루어져 있던 변호사들의 동맹은 깨졌다.

사법시험 출신과 로스쿨 출신, 이 양측은 서로에게 으르렁대면서 서로를 잡아먹으려고 할 것이다.

"적절한 경쟁은 발전을 증폭시키지요."

"이쯤에서 광고를 하나 때려 주면 되는 겁니다."

"광고요?"

⚖

–억울한 일을 당하셨습니까? 법이 당신을 지키지 못했나요? 그렇다면 하늘로 오십시오. 당신의 억울함을 풀어 드리겠습니다.

법무 법인에서 광고라는 것은 지금까지 한 번도 시행된 적이 없는 것이었다.

사실 할 이유가 없었다.

물론 작은 광고는 한다. 간판 같은 것 말이다.

하지만 텔레비전 광고는 없었다.

작은 곳은 능력이 되지 않아 할 수 없었고, 커다란 곳은 할 이유가 없어 하지 않았다.

그런데 하늘에서 텔레비전 광고를 하기 시작했다.

그것도 기존의 변호사들을 디스하는 방법으로.

─누구도 당신을 보호하지 않는다면 우리가 도와드리겠습니다. 승률 90.8% 법무 법인 하늘.

"크흠……"

뉴스를 보면서 법무 법인 태양의 이사들은 불편한 얼굴이 되었다.

"당했어."

자신들이 쫓아낸 사람들이 도리어 자신들을 물어뜯기 시작했다.

그들은 하늘로 가고 난 후에 버려진 사건을 담당했다.

이쪽이 어떤 시스템으로 돌아가는지 너무나 뻔하게 알고 있으니 당연히 이길 수밖에 없었고, 저들은 자신들을 대상으로 어마어마한 승률을 자랑하기 시작했다.

자신들뿐만 아니다.

사건을 버리던 일부 로펌들과 변호사들은 당혹감을 감추지 못했다.

일부는 파산을 할 수밖에 없는 지경이 되기까지 했다.

단순히 귀찮다는 이유로 사건을 버리는 변호사들도 적지 않았기 때문이다.

"이놈들을 가만둘 수는 없습니다. 어떻게든 보복해야 합니다."

이사 중 한 명이 억울한 듯 말했다.

하지만 손하균은 고개를 흔들었다.

"이 상황에서 우리가? 소송을 하겠다 이건가?"

"그건……."

"아니면 권력을 등에 업고 압력이라도 가하자는 건가?"

"……."

"한번 방법을 말해 보게."

차갑게 던지는 손하균의 말에 그는 입을 다물었다.

그리고 그다음 말은 그런 그의 가슴을 후벼 팠다.

"그러니 당하는 거지."

"대표님."

"제대로 이 사태를 해결할 능력도 없으면서 잘났다고 고개만 들고 있었잖나? 안 그래?"

"……"

로스쿨 출신이라고 무시하고 배움이 짧다고 무시했지만, 결국 그들도 변호사다.

개싸움을 하기 시작하면 절대로 무시할 수 없는 세력이 된다.

"그곳의 변호사만 벌써 백스무 명이야. 역대 최고 속도로 뭉치고 있어. 거기에 로스쿨 출신들이 그쪽으로 힘을 실어 주려는 눈치야. 사실상 그러면 로스쿨 출신들이랑 전면전을 하자는 건데, 자네, 그럴 자신 있나?"

"……"

할 수가 없다.

물론 지지는 않을 것이다.

하지만 배보다 배꼽이 크다는 말이 있다. 아무리 노력해도 로스쿨 출신들을 다 막을 수는 없다.

"거기에다 그들은 시작부터 건물 두 채를 쓴다. 그 뒤에 누가 있는지 알고는 있나?"

"뒤에요?"

"그래. 그 건물, 노형진 건물이더군."

의자에 기대앉으면서 던지는 손하균의 말에 다들 순간 침묵을 지켰다.

새론에서 일한 임진기.

노형진의 건물에서 일하는 로스쿨 출신 변호사들.

그리고 그곳으로 몰려드는 능력 있는 사람들.

"당했어."

자신들을 미끼로 내세워 노형진은 로스쿨에서 나오는 변호사들을 은근슬쩍 자신의 아래로 집어넣은 것이다.

이제야 그걸 안 손하균은 무감정함에 불구하고 얼굴에 절로 씁쓸한 표정이 떠오를 수밖에 없었다.

"애초에 우리를 이용해서 로스쿨 출신을 뭉치게 하려고 한 거야."

태양쯤 되면 충분히 그럴 대상이 된다.

그리고 그렇게 뭉친 세력은 기존 법질서에 반기를 들었다.

'지금은 일부지만…….'

법률계에서 그들은 극히 일부다.

하지만 시간이 지날수록 그들은 커져 갈 것이다.

"아무래도 그 녀석에 대한 내 판단을 좀 바꿔야겠군."

손하균은 탁자를 두들기면서 말했다.

"그러면 위험한 거 아닌가요?"

"위험?"

"네, 로스쿨 출신들이 그렇게 뭉쳐서 세력을 만들면…….""

"흥."

손하균은 이사의 말에 코웃음을 쳤다.

"당장은 위험하지 않아. 그리고 말이야."

그는 자리에 일어났다. 그리고 몸을 돌려서 노을이 지는 창밖을 바라보았다.

"전쟁에서 가장 중요한 건 인원이 아니라 보급이야. 과연 보급을 제대로 할 수 있을지 두고 보지. 그때까지는 내 판단을 바꾸는 걸 보류해 두고, 후후후."

그는 노을을 보면서 차갑게 미소 지었다.

고민이 있는 자가 가는 곳

"숫자는 많아졌는데 사건은 그렇게 많지 않습니다."

임진기는 걱정스럽게 말했다.

"애초에 너무 빠르게 성장했어."

고개를 절레절레 흔드는 손채림.

"내가 봐도 그러네. 이 정도 되는 사람들이 한꺼번에 일할 만한 숫자의 사건을 구하는 건 쉬운 게 아니야."

송정한 역시 걱정스러운 표정이었다.

새론의 자회사로 비밀리에 만들어진 하늘은 노형진의 계획대로 무서울 정도로 성장했다.

기존 법률계에서 버려진 이들이 너도나도 들어왔고, 아직 건물이 모두 꽉 찬 것은 아니지만 그 숫자만으로는 절대 작은 규모가 아니게 되었다.

"그렇다고 큰 사건 위주로 오는 것은 무리이고."

송정한은 걱정스러운 표정이었다.

이번 일을 위해 적잖은 돈이 들어갔으니 실패하면 적자가 너무 커지기 때문이다.

"애초에 수십억에서 수백억짜리 사건이 이들에게 오지는 않을 거 아닌가?"

그 정도 사건을 하는 데 중요한 것은 실력과 인맥이다.

그런데 실력이 인증되지 않은 신생 업체에 인맥은 전혀 없는 하늘이니 그런 사건이 올 리 없다.

"결국 작은 개별 사건으로 해야 한다는 건데……."

"광고도 효과가 없는 건 아니지만 충분한 수준은 아닌 듯합니다."

다들 걱정으로 가득한 얼굴이었다.

그럴 만했다.

"그렇지만 적자는 안 보고 있지 않나요?"

"적자를 안 본다기보다는 간신히 커트라인만 유지하는 겁니다. 그나마도 당분간 건물의 월세를 안 내서 그런 거지요."

노형진은 당분간 월세를 받지 않기로 했다.

그래서 인건비 정도만 내면 되기 때문에 지금이야 적자가 아니지만, 노형진이 그렇게 영원히 손해를 볼 수도 없다.

"지금이야 버려진 사건의 피해자들에게 계속 연락해서 일을 하고 있지만 그게 끝나면 추가적인 사건이 없는 이상 말이 나올 거야."

송정한은 우려 섞인 말로 자신의 감정을 표현했다.

"차라리 우리 새론의 산하로 두는 게 맞지 않나 싶군. 그러면 자연스럽게 배정될 테니."

"그러면 안 됩니다. 지금은 물론 새론도 중요하지만 로스쿨 출신의 실력을 키우는 것도 중요합니다. 잊지 마세요. 언젠가는 로스쿨생만으로 법률계가 움직이게 됩니다."

"음……."

그건 틀린 말이 아니다.

하지만 그렇다고 해서 지금 무조건 투자만 할 수는 없다.

이러니저러니 해도 결국 로펌도 사업이니까.

"그러고 보니 네가 전에 준비한 게 있다고 하지 않았어?"

"준비한 거?"

"그런 게 있다고요?"

손채림이 뭔가 기억난 듯 물어보자 다들 반색을 했다.

노형진이 준비한 거라면 그냥 사건 한두 개는 아닐 테니까.

"뭐, 준비한 거라기보다는 사건이 나올 구멍인 거죠."

"사건이 나올 구멍?"

"네. 송 대표님, 새론이 어떻게 성장했는지 기억하십니까?"

"그거야 대룡에서 사건을 밀어주니까 성장했지."

"그거 말고요. 그 전에 어느 정도 이름을 떨치고 폭발적으로 성장한 이유가 있지 않습니까?"

"그거야……."

송정한은 그게 뭔지 기억해 내려고 하다가 뭔가 떠올려 내고 고개를 번쩍 들었다.

"집단소송."

"집단소송요?"

사정을 모르는 두 사람은 어리둥절한 표정이 되었다.

새론에서 집단소송을 하는 건 알고 있지만 그게 성장의 이유가 되었다는 건 모르고 있었기 때문이다.

"그러고 보니 우리가 집단소송을 해서 성장했지. 아마 우리가 폭발적으로 늘어난 게 노예 사건 때부터지?"

"맞습니다."

사람들이 잡혀가서 염전이나 다른 곳에서 노예처럼 부려지던 사건.

그 사건을 우연히 접한 노형진이 그 사건을 가지고 와 전국에 있는 관련 사건을 털어 내면서 어마어마한 성장을 했다.

전국에 수천 명의 피해자들이 있었고 그 소송을 커버하는 데에만 무려 3년이 걸렸으니까

"그런 식으로 한꺼번에 사건이 확 들어오면 됩니다."

"그런 집단소송을 하자 이건가?"

확실히 그런 거라면 성장할 수 있다.

당장 3천 건만 들어와도 이들이 해결하려면 몇 년은 바쁘

게 움직여야 할 테니까.

"그러면 그런 소재라도 있어?"

손채림은 반가운 얼굴로 물었다.

"그런 거라면 저도 환영입니다."

안 그래도 다음 사건을 어떻게 구하나 고민하던 임진기도 얼굴이 환해졌다.

그런데 다음 말은 세 사람을 당혹하게 했다.

"아니, 그런 거 없는데요. 사실 한국에서 그런 특수한 사건을 찾는 건 힘든 일입니다. 물론 찾으려고 한다면 찾을 수도 있겠지만요. 그런 건 대부분 감춰진 사건들입니다. 그러니 찾기 위해서는 상당한 시간이 걸릴 겁니다."

"그러면 어쩌자는 건가?"

그런 사건이라면 확실히 하늘이 성장할 것이다.

그러나 그런 사건을 구하는 게 쉽지 않다면 다른 변호사들처럼 마냥 기다리는 수밖에 없다.

그리고 마냥 기다릴 때 불리한 것은 덩치가 커다란 곳들이다.

"마냥 기다리는 게 아니라, 우리가 찾아가서 사건을 수임하면 됩니다."

"어떻게? 무슨 수로? 경찰서라도 돌라 이건가? 하지만 그건 새론에서 이미 하고 있잖아. 겹치는 건 서로에게 안 좋을 텐데?"

새론은 신입이 들어오면 경찰과 법원, 검찰을 돌면서 직접 사건을 수임하도록 한다. 그래야 제대로 그 시스템을 이해할 수 있기 때문이다.

하지만 이미 새론에서 하고 있는 걸 하늘도 하게 되면 결국 사건을 나누는 꼴밖에 되지 않는다.

"하늘은 경찰서가 아닌 다른 곳을 찾아다니게 될 겁니다. 물론 거절하는 사람도 있겠지만, 그런 사람들은 별수 없지요."

"도대체 어디를 다니자는 거야?"

"그렇게 사건이 모이는 곳이 있나요?"

손채림과 임진기는 고개를 갸웃했다.

경찰서는 모든 형사사건의 시발점이다. 그러니 당연히 사건이 몰린다.

하지만 다른 사건들이 몰리는 공간이라니. 그런 공간은 들어 본 적도 없다.

"사건이나 인간사의 힘든 일이 몰리는 곳이 있지요. 그곳에서 수임하려고 한다면 아마 적잖은 사건을 받아 올 수 있을 겁니다."

"그곳이 어딘데?"

노형진은 씩 웃으며 말했다.

"점집입니다."

"빨리도 온다."

자신을 찾아온 노형진을 노인은 웃으면서 맞이했다.

"제가 올 줄 아셨습니까?"

"올 때가 되었다고 생각했지."

그의 말에 노형진은 왠지 씁쓸하게 웃었다.

그는 무당이다.

과거 모 사건으로 만난 적이 있는 사람으로, 한국에서 알아주는 무당이자 또 큰 어른으로 대접받고 있는 사람이었다.

그러나 그는 자신의 이름조차도 알려 주지 않고 그냥 박수 무당이라고만 소개했었다.

"저기……."

"그 애, 이미 다른 집 살림 차렸어."

"차렸다고요?"

그 당시 사건은 노형진의 친구 누나가 신내림을 잘못 받았던 것인데 다른 집 살림을 차렸다니?

"저기, 따로 점집 차렸다는 거 아니야?"

"아아."

노형진은 그녀가 결혼했나 했지만 다행히 손채림이 정확하게 핵심을 알려 줘서 오해는 벗어났다.

"쯧쯧, 처자가 고생이 많군."

"네?"

"병신 데리고 다니려니 고생이지?"

"헐."

천하의 노형진을 병신이라고 하는 사람은 아마 이 노인밖에 없을 것이다.

   "어르신."

   "어르신은 무슨. 그냥 무당한테."

   "무당님이라고 부를 수는 없지 않습니까?"

   "그런가? 하긴. 이번에는 이야기가 길어질 테니 그냥 안 보살이라고 부르게."

   "안 보살님?"

   "그래."

   귀찮다는 듯 손을 휘휘 저으며 말하는 안 보살.

   "쯧쯧, 너는 맨날 남의 인생 뒤치다꺼리만 하고 있구먼."

   "네?"

   "이제는 남의 인생도 모자라서 나라 뒤치다꺼리해야 하니 고달프겠어. 어쩌겠어, 그러라고 돌려보냈는데."

   노형진은 입을 꾸욱 다물었다.

   사실 그는 노형진이 회귀한 것을 아는 유일한 사람이다.

   물론 확답을 준 것은 아니다. 하지만 말하는 투를 봐서는 알고 있는 게 분명했다.

   "나한테 점 보러 온 건 아닐 테고."

   "사실은……."

   "애야!"

   "네!"

문이 열리면서 들어오는 한 남자.

그는 안 보살을 보고 고개를 푹 숙였다.

"부르셨어요?"

"전화번호부 가지고 와라. 정리한 거 있지?"

"네."

별말 하지 않고 나간 그는 제법 두툼한 공책을 가지고 왔다.

그걸 넘겨받은 안 보살은 보지도 않고 그대로 노형진에게 건넸다.

"옛다."

"이건……?"

"네가 원하는 거. 무당들 전화 번호."

"헐?"

"설득은 네가 알아서 하고."

"헐?"

손채림은 자신도 모르게 탄성을 내질렀다.

자신들은 들어와서 단 한마디도 하지 않았다.

그런데 미리 공책에 정리까지 해 뒀다는 건, 자신들이 찾아온 이유를 안다는 뜻이 아닌가?

"제가 무엇에 쓸지 아시는 겁니까?"

노형진이 그에게 온 이유는 간단하다.

진짜 능력이 있는 무당들을 소개시켜 달라는 것.

어찌 되었건 하늘이 생겼으니 그곳에 사건을 줘야 한다.

그런데 사건이 필요하면 의뢰인들이 알아서 찾아오는 것은 아니다.

결국 그런 사람들과 접촉할 방법을 찾아야 한다.

'그게 무당이었는데.'

무당을 믿든 안 믿든, 그건 개인의 자유다.

하지만 최소한 무당을 믿는 사람들은 문제가 생기면 일단 무당에게 가서 하소연이라도 하고 점괘라도 받아 보려고 한다.

그러니 그들을 통하면 경찰이 모르는 민사적 사건까지 모조리 휩쓸어 올 수가 있다.

그래서 온 건데…….

"내가 그것도 몰라서야 여기에 자리 펴고 있겠느냐?"

안 보살은 느긋한 얼굴로 말했다.

"그러면 감사하게…….""

노형진은 그걸 받아 들려고 했다.

하지만 그 노트를 잡으려고 하는 순간 탁 소리와 함께 그걸 누르는 부채에, 손을 얼른 뺐다.

"영의 세계에서는 공짜는 없다."

"네?"

"영의 세계에서는 공짜는 없어. 네놈이 받은 만큼 토해 내야 하는 거야. 반대로 영이 너한테 뭐 받아먹으면 그만큼 영이 너를 도와줘야 하는 거고."

"그게 무슨 말씀이신지? 그러면 돈이라도 드려야 하는 건지……."

"내가 그깟 돈 가지고 움직일 사람이냐?"

"그거야……."

노형진은 아무런 말도 못 했다.

그럴 수밖에 없는 게, 그는 돈이 없는 사람이 아니다. 그를 소개시켜 준 사람은 다름 아닌 유민택 회장이었다.

정치인과 재벌가를 대상으로 점을 봐 주는 사람이 돈이 없다면 아마 국민들은 다 굶어 죽었을 것이다.

"어…… 뭐 그런 건가요? 등가교환?"

"등가교환?"

"그 무슨 만화에 나오는 건데……."

서로 상대방의 말을 이해하지 못해 허둥대는 꼴에, 노형진은 한숨을 푹 쉬었다.

"뭐, 틀린 말은 아니네, 등가교환이라는 게."

그것에 대해 간략하게 설명하자 안 보살은 고개를 끄덕거렸다.

즉, 뭔가를 얻기 위해서 뭔가를 포기해야 한다는 것은 마찬가지라는 거다.

"아무래도 싼 건 아니겠지요?"

노형진은 두툼한 노트를 보면서 말했다.

그가 전화번호를 적어 준 무당들이 그저 그런 무당은 아닐 것이다.

그야말로 '진짜배기'들일 테고, 그들을 찾아가는 사람들 역시 그저 그런 사람들은 아닐 것이다.

즉, 저건 인맥의 거대한 총아 같은 것이다.

"제게 무슨 굿이라도 하라는 건가요?"

"그건 아니지."

"그러면요?"

"네놈은 변호사잖느냐? 네놈이 세상을 평안케 하는 것처럼 우리도 세상을 평안케 해야 하는데 요즘 세상이 시끄러워서 네놈이 그걸 좀 잡아 줬으면 한다."

"네?"

노형진은 그 말이 이해가 가지 않았다.

무슨 수로 세상을 평안하게 한단 말인가?

자신에게 그럴 능력이 있었다면 변호사가 아니라 대통령을 하고 있을 것이다.

"전 그럴 능력이 안 되는데요."

"쯧, 내가 언제 세상을 다 평안하게 하라고 했냐? 그냥 혹세무민하는 놈들 좀 걸러 내자는 거지."

"혹세무민?"

"세상이 난세가 되면 가장 많이 번지는 게 혹세무민하는 놈들이다. 너도 알 텐데?"

노형진은 왠지 그의 말에 시선을 피할 수가 없었다.

그의 말이 맞다. 그런 여자 때문에 나라가 뒤집어지고 결국 초유의 헌법적 사태까지 벌어졌으니까.

"세상이 다 우리를 믿는 건 아니겠지. 하지만 가짜 때문에 우리까지 욕먹는 게 문제란다."

"가짜요?"

"무당의 80%는 가짜라고들 하지."

학원에서 배워서 굿하는 놈들.

그런 놈들이 있는 것이 사실이다.

"물론 그런 게 다는 아니겠지마는, 어찌 되었건 정리할 건 해야지."

가짜라고 해서 신이 없는 사람이 무당 흉내만 내는 게 아니다.

사실 무당들의 세계에도 나름의 법과 질서가 있다. 그 법과 질서를 지키지 않는 무당들은 신이 떠난다고 한다.

그리고 그렇게 신이 떠난 무당은 제대로 된 무당이라고 할 수가 없다.

"무속인에게는 무속인으로서의 숙명이 있는 법이지."

무속인들, 그러니까 무당들은 그 힘이 자신에게 내려진 하늘의 형벌이라고 한다.

왜냐하면 남의 미래에 대해 점을 보지만 정작 진짜 그 힘을 자신에게 쓸 수는 없기 때문이다.

게다가 그 힘으로 돈을 추구하기 시작하면 그 신이 떠난다.

'하긴……'

안 보살이라는 노인도 상대하는 사람들만 봐서는 어마어
마하게 돈을 많이 벌었을 것 같지만 그가 사는 집은 생각보
다 소박하다.

그나마도 자신이 벌어서 산 것도 아니고 물려받은 한옥을
자신이 번 돈으로 개보수한 수준이었다.

"음……."

"그래서 말인데, 그런 걸 좀 정리해 줬으면 해."

"네?"

황당한 부탁에 노형진은 입을 쩍 벌렸다.

"아니…… 살다 살다 이런 황당한 의뢰가……."

노형진은 한숨만 푹푹 나왔다.

무당을 정리해 달라.

"정리해 달라는 게, 진짜로 가짜들을 쫓아내 달라는 건가?"

송정한도 심각한 얼굴이었다.

노형진이 말한 계획은 중요하다.

자신의 아내도 집안에 무슨 대소사가 있고 너무 힘들면 일
단 무당에게 가서 점을 보는 것이 현실이다.

즉, 노형진의 말대로 그곳과 제휴할 수 있다면 어마어마한
양의 사건이 쏟아질 거라는 뜻이다.

그것도 매년 말이다.

"그게 없으면 곤란한데 말이지요."

이런 문제는 생각도 못 했기 때문에 노형진은 한숨만 나왔다.

"그냥 일반 무당들을 찾아가서 제휴하면 안 되나?"

김성식은 왠지 부담스러운 표정이었다.

하긴, 그는 기독교를 믿는 사람이니 무당이라는 존재가 거북스러울 수밖에 없을지도 모른다.

"그건 무리예요. 안 보살님 말씀대로 가짜가 적지 않거든요. 그리고 우리나라 무당의 숫자는 어마어마합니다. 우리가 다 찾아다니면서 커버할 수 있는 수준이 아니고요."

"음……."

"설사 그러기 위해서 뛰어다닌다고 해도, 가짜들이 제휴해 준다는 보장도 없고요."

"가짜가 그렇게 많나?"

"뭐, 적다고는 말 못 하겠네요."

경기가 안 좋고 세상이 살기 힘들어질수록 이러한 가짜 무당은 활개를 치면서 사람들을 혹세무민하기 마련이다.

그리고 실제로 지금 상황이 그렇고.

'대통령도 그러는 판국인데…….'

노형진은 왠지 안 보살이 그런 요구를 한 이유를 알 것 같았다.

'몇 년 후에 무당들에게 당혹스러운 낙인이 찍혀 버리지.'

진짜 무당도 아니고 가짜 무당이 나라를 들었다 놨다 하는 바람에 진짜 무당들조차도 사기꾼 취급을 당하는 일이 벌어진다.

최소한 그것만이라도 방지하고 싶어 하는 것이리라.

"아, 미치겠네……."

노형진은 머리를 부여잡았다.

"다른 곳을 통해 의뢰받을 방법은 없을까?"

"무리입니다. 사실 전국적으로 무당만큼 사람들이 정보를 흘리는 대상이 어디 있습니까?"

"그건 그렇지."

단순히 일을 해결하기 위해 가든 하소연을 하기 위해 가든, 많은 사람들이 무당을 찾아간다. 그리고 그중 상당수는 법과 연관되어 있다.

"거참……."

김성식도 곤란한 표정이었다.

자신의 종교는 어떻든 노형진의 말은 사실이니까.

"하긴, 교회에 다니면서도 무당집에 가는 사람도 많으니까."

"교회를 다니면서 무당집을 다닌다고요?"

"의외로 많아."

김성식은 인정한다는 듯 고개를 끄덕거렸다.

"종교와 무당은 좀 다르니까. 종교는 내세의 평안을 원하는 거라면 무당은 현세의 평안을 추구하는 것 아닌가?"

"그렇지요."

"그래서 의외로 같이 다니는 사람들이 많지. 뭐, 교리에 어긋나기는 하지만."

어깨를 으쓱하는 김성식.

"현행법도 위반하는 게 인간인데, 처벌 조항도 없는 교리까지 무조건 지키라는 게 더 웃긴 거지."

"참 비판적인 종교관이네요."

"자네가 검사 생활 해 보게, 그렇게 안 되나."

씁쓸하게 말하는 김성식.

"중요한 건 그게 아니라 안 보살님의 부탁을 어떻게 들어주느냐입니다."

"뭐, 협회나 재단 같은 거 만들면 어때?"

"그런 건 의미가 없어. 한국에 협회니 재단이니 하는 게 어디 한두 개야? 무속인 협회가 없을 것 같아?"

가장 무난한 방법을 제시한 손채림이었지만 노형진은 고개를 흔들었다.

"무속인 관련 협회만 아마 백 개가 넘을 거다."

"헐?"

"민간 자격증은 넘쳐 난다고. 그런 걸로 공신력을 요구하는 것은 무리야."

사실 민간 자격증을 만드는 건 어려운 일이 아니다. 불법도 아니고 말이다.

그렇다 보니 온갖 협회가 존재하고 그들이 만드는 민간 자격증도 수천 종이 넘는다.

"그 안에 이미 무속인 자격증도 있을걸."

"미친."

"그게 현실이야."

그런 상황에서 뭐 하나 더 만든다고 해서 사람들에게 공신력을 줄 수는 없다.

"그렇다고 법적으로 고발할 수 있는 것도 아니잖나?"

"그렇지요. 어찌 되었건 한국에는 직업선택의자유가 있으니까."

무당이라는 직업은 법에서 불법으로 정한 것도 아니다.

실제로 판례에서 보면 무당이 하는 모든 행동을 불법으로 보는 것도 아니다.

법원의 판례에 따르면 무당이 하는 굿이나 점을 보는 일을 상대방의 심리적 안정을 위한 행위로 본다.

즉, 민간적 심리치료의 한 방식으로 보는 것이다.

그건 영의 세계가 존재하느냐 아니냐의 문제라기보다는 무당이 하는 행위의 대가로 지급하는 돈이 정상적인 돈이냐 아니냐의 문제다.

그래서 과도한 돈을 요구한 게 아닌 경우 그건 정상적인 행위로 봐서 반환하지 않아도 된다고 판단하는 것이 대한민국 법원의 판례다.

"그런데 '이 사람은 가짜 무당입니다.'라고 신고하면 처벌하겠어?"

"피해자들을 찾는 건 어때?"

"한두 명이 아닐 텐데? 그리고 아까 말했잖아. 그건 민간의 선택의 영역이야. 나중에 마음이 바뀌어서 '속았어요. 처벌해 주세요.'라고 해 봐야 처벌 안 받아."

물론 터무니없이 수억짜리 굿을 시키면 사기로 처벌받겠지만, 그건 뭐든 다 마찬가지다.

"그러면 어쩌라고?"

"이건 진짜 답이 없는데?"

법으로 해결할 수 없는 걸 해결하라고 하니 어이가 없을 뿐이다.

"내가 변호사지 해결사냐……."

"해결사라기보다는 컨설턴트 쪽 아냐?"

"어느 쪽이든."

물론 변호사가 필요에 따라서는 그런 업무를 하기도 하지만, 아무리 컨설턴트라고 해도 이걸 해결할 방법이 마땅히 보이지가 않았다.

"그러면 차라리 굿을 해서 이놈은 가짜, 그런 식으로 나오면 좋겠네."

"응?"

"그렇잖아. 신이 없는 거라며? 그러면 자기들끼리 이놈은 가짜라고 하면 못 박혀 버리는 거 아냐?"

"그건 또 명예훼손이나 허위 사실 유포가 된다고. 아니면 업무방해가 될 수도 있고."

"끄응……."

보이지 않는 세계에 법을 들이밀어 달라는 황당한 부탁에 다들 한숨만 나왔다.

"차라리 시간이 걸리더라도 다른 방법을 찾는 게 어떤가? 그 명단이 그렇게 중요한가?"

기껏해야 전화번호라고 생각한 김성식은 어쩔 수 없다는 듯 말했다.

하지만 노형진은 단 한마디로 그의 생각을 바꿨다.

"유민택 회장님도 점집에 다닙니다."

"아……."

부자들은 돈을 지키기 위해서라면 뭐든 한다. 그리고 돈을 벌기 위해서라면 뭐든 한다.

당연히 그중 상당수는 진짜 능력 있는 점집에 다니면서 점을 보기도 한다.

"제가 그 전화번호를 노리는 건 제가 점을 믿고 안 믿고의 문제가 아닙니다. 부자들 중 상당수가 그걸 믿고 있고, 대부분 무당을 인생의 조언자로 인정하기 때문입니다."

"그게 무슨 뜻인가?"

"만일 무당이 변호사를 바꾸라고 한다면 현재 거래하는 변호사가 있어도 기꺼이 바꾼다는 거죠. 변호사는 비즈니스 상대이지만, 그들이 다니는 무당은 조언자니까요."

"음……."

이미 포화 상태가 되어 있는 변호사의 시장.

그곳에서 파이를 빼 오기 위해서는 그 전화번호와 그곳에 있는 무당들의 믿음이 필요하다.

그리고 안 보살의 소개라는 카드는 아마 어마어마한 위력을 발휘할 것이다.

"우리는 그쪽으로는 전혀 생각해 보지 않았는데."

노형진의 말에 다들 입을 다물고 곰곰이 생각에 빠졌다.

"우리가 유 회장님을 통해 방송하는 건 어떤가?"

"유 회장님을 통해서요?"

"그래, 인터넷으로 말이야."

그래도 노형진과 함께 일해 본 송정한은 나름 기존의 방식을 차용하면서 쓸 만한 방법을 이야기했다.

하지만 노형진은 고개를 흔들었다.

"그건 안 됩니다."

"뭐? 왜? 이미 다른 곳에서 그런 방송이 많이 나오잖아?"

"그래서 안 되는 겁니다."

"그래서 안 된다?"

"네, 이미 그런 방송이 많지요. 보통 케이블에서 많이 하지 않습니까? 뭐, 어디 흉가에 가서 귀신이 보인다는 둥 어쩌고저쩌고."

"그렇지."

"하지만 그런 건 이미 웃음거리가 된 상황입니다. 대부분
의 사람들이 그런 곳에 나오는 사람들을 가짜나 연기자로 생
각해요."

"끄응……."

문제는 실제로 그렇다는 것이다.

실제로 어떤 무당이 폐가에 가서 애가 죽었네 일가족이 자
살했네 말했는데, 얼마 후 옆집에 사는 사람이 웹상에 그 집
은 사람들이 잘 살다가 이사 나간 지 3년밖에 안 된 집이라
면서 내가 그 집 이사 나갈 때 같이 짐을 옮겨 줬는데 폐가는
무슨 놈의 폐가며 사람이 죽었다는 건 무슨 소리냐고 따지는
바람에 웃음거리가 된 적도 있었다.

"방송에서 귀신이니 영이니 하는 건 사실 가십이자 흥미지
진짜 무당의 영역은 아니에요."

"난…… 몰랐네."

"저도 몰랐습니다."

이번 일을 해결하기 위해 이리저리 조사하던 노형진은 무
당 세계에서도 소위 법도라는 것이 의외로 무겁고 중하다는
것을 알았다.

즉, 진짜 실력 있는 무당은 그런 곳에서 그렇게 가볍게 입
을 나불거리지 않는다는 것이다.

"결국 그런 곳에 나간다는 것 자체가 도리어 공신력을 잃어버린다는 소리나 마찬가지입니다."

"음……."

"물론 그걸 보고 혹해서 가는 사람도 있겠지요."

하지만 최소한 이 세계에 대해서 알고 그 법도를 아는 사람들은 그를 찾아가지 않을 것이다.

그런 행동을 하면 있던 신조차도 떠나기 때문이다.

"이거, 참……."

마땅한 방법이 없자 손채림은 머리를 부여잡았다.

"차라리 그냥 굿이라도 하지."

"굿?"

"그래, 그런 거 있잖아. '가짜를 물리쳐 주십시오.' 같은 거."

"무슨 판타지 소설 쓰냐? 기도해서 뭐, 하늘에서 용사가 떨어지는 그런 거?"

"그런가?"

판타지에서 흔하게 나오는 설정이다.

세계를 구한답시고 기도했는데 엉뚱한 세계의 용사가 끌려가서 개고생하고 마왕을 퇴치하는 식의 이야기.

"그런 게 가능할 리 없잖아?"

"하긴, 그런 게 가능하다면 그거야말로 무당의 영역이 아니라 마법사의 영역이겠다."

어깨를 으쓱하는 손채림.

"마법사를 부를 수는 없으니 일단 그 부분은 넘어가고."

그날이 다 가도록 계속 이야기했지만 안 보살의 부탁을 들어줄 마땅한 방법은 도무지 보이지 않았다.

상식적으로 수많은 가짜 중에서 진짜를 찾아내는 방법도 없거니와, 설사 찾아낸다고 한들 그가 하는 일을 망하게 할 방법도 없다.

"아, 미치겠네."

노형진은 몇 날 며칠을 계속 고민해 봤지만 도무지 방법이 보이지 않았다.

"진짜 이런 건 하늘에서 방법을 알려 주면 얼마나 좋아?"

툴툴거리면서 퇴근하던 노형진은 아파트 입구로 들어서다가 눈을 찌푸렸다.

"도대체 어떻게 들어오는 거야? 아니, 아파트에 누가 있나?"

입구에 붙은 전단지를 본 것이다.

이 아파트는 복도식이 아니라 한 층에서 마주 보고 있는 두 집만 엘리베이터를 쓰도록 되어 있는 형태로, 심지어 입구에는 보안용 현관까지 있다.

그런데 매번 어떻게 열고 들어오는 건지, 들어와서 집 앞에 이렇게 종교 관련 전단지를 붙여 두고 가는 놈이 있었다.

"끄응…… 이 집들 중 누구 하나는 있다는 건데."

안 봐도 뻔하다.

같이 엘리베이트를 쓰는 사람들 중에 해당 종교를 믿는 사

람이 현관을 열어 줄 것이다. 아니면 그 사람이 붙이는 것일
수도 있다.

그냥 잠깐잠깐 멈출 때마다 입구에 종교 홍보물을 붙이는
건 어려운 일이 아니니까.

"거참."

노형진은 그걸 꾸겨서 버리려고 하다가 멈칫했다.

매일같이 그림이 그려져 있던 홍보물에 오늘은 사진이 들
어 있었기 때문이다.

"뭐야?"

사실 호기심도 생기지 않는 사진이다.

홍보용으로 흔히 쓰는, 특정 종교 단체에서 개최한 전국
규모의 기도회 사진이었으니까.

하지만 노형진은 그걸 한참을 뚫어지게 바라보았다.

"음……."

그걸 보면서 노형진은 왠지 머릿속에 방법이 떠오르는 듯
했다.

자신이 가짜를 없애려고 한다면 그건 불가능하다. 하지만
반대라면?

'그러고 보니 내가 왜 그 부분을 간과했지?'

자신이 만든 복수재단. 그곳이 바로 그런 곳 아닌가?

진상을 부리거나 비양심적인 가게나 기업을 응징하는 복
수재단.

그러나 그 방법은 그들에 대한 불매운동이나 불이익을 안겨 주는 행위가 아니다.

그건 현행법상 불법이 될 가능성이 높기 때문이다.

그래서 반대의 방법을 쓴다.

다름 아닌 라이벌, 또는 경쟁사에 이득을 주는 식으로.

경쟁하는 사람들에게 압도적 이득을 줌으로써 사람들이 그쪽으로 갈 수밖에 없도록 해서 천천히 상대방이 고사하게 만든다.

실제로 그렇게 몇 번 해서 수십 명이 파산하자 아르바이트생의 월급을 빼돌리면서 버티거나 진상을 부리던 업자들은 복수재단이 나타나자마자 돈을 주거나 굽실거리면서 사과하며 적당한 배상을 했다.

"그래, 이거야!"

노형진은 기도회 사진을 보면서 주먹을 불끈 쥐었다.

⚖️

"기도회?"

"기도회라기보다는 굿이지요."

"굿?"

"네. 종교 단체에서 많이들 하지 않습니까?"

"그렇기는 하지."

기독교든 천주교든 불교든, 심지어 사이비 종교도 정기적으로 이러한 기도회나 부흥회를 개최한다.

"종교적 입장에서 본다면 이러한 행사는 자신들의 세력을 자랑하고 또 정통성을 홍보하기 위한 자리지요."

"그렇지."

"그리고 사실 우리가 말하는 점이나 굿 같은 일종의 민간 신앙은 종교적 부분을 가지고 있지요."

"음?"

"쉽게 말해서 이겁니다. 손채림이 말했던 방법이 있지요, 단체를 만들어서 제대로 된 무당을 받아들인다."

그 방법은 비슷한 곳이 너무 많아서 포기할 수밖에 없었다.

"하지만 이런 행사가 진행된다면 이야기는 달라집니다."

규모가 큰 행사를 할 수 있다는 것. 그것은 그곳의 정통성을 확보하는 일이다.

사실 이런 행사는 돈만 들고 남는 것은 없다.

그럼에도 불구하고 종교 단체들이 이런 행사를 하는 것은 그에 따른 이익이 많기 때문이다.

금전 부분이 아닌 다른 부분에서 말이다.

"기본적으로 한국의 종교는 기복 신앙입니다. 즉, 믿음으로써 복을 불러온다는 거죠. 내세에 대한 부분도 중요하지만 당장 더 많이 벌고 더 행복해지는 것도 중요한 겁니다. 그건 이해하시지요?"

김성식이 고개를 끄덕거리면서 말을 붙였다.

"그렇지. 그래서 교회에 다니면서도 점을 보러 다니는 거고."

"네, 맞습니다. 점을 보는 행위는 다른 어떤 종교보다 더욱 기복 신앙적인 부분이 강합니다. 당연히 이러한 큰 행사를 할 수 있을 정도의 규모를 가진 단체의 공신력은 커질 수밖에 없습니다."

이런 행사를 한다는 것은 자신도 잘 번다는 뜻이기 때문이다.

"선거와 비슷하네."

손채림이 뭔가 생각난 듯 말했다.

"전에 어디서 봤는데, 가난한 사람들이 부자 정당에 표를 주는 이유가 자기들을 부자로 만들어 줄 거라는 이미지 때문이라고 하던데."

"맞아. 그래서 선거철만 되면 공항이니 철도니 재건축이니 하는 이야기가 나오는 거야. 기본적으로 표가 쏠리게 하는 건 정당성이나 올바름이 아니라 나한테 돈이 되느냐니까."

국가의 미래를 정하는 선거도 그 지경이다.

하물며 당장 복을 부르기 위해 다니는 무속 신앙이야 당연히 세력이 크고 스스로를 입증할 곳으로 가려고 할 것이다.

당장 으리으리하게 잘사는 무당의 집은 손님이 줄을 서지만 가난하고 후줄근하게 사는 무당의 집은 손님이 그다지 가지 않는다.

'참 아이러니야.'

사실 무당의 법도에 따르면 정반대인데 말이다.

"하지만 그 사람이 진짜인지 가짜인지 어떻게 알아내? 방법이 없잖아. 우리가 신을 볼 수 있는 것도 아니고."

"우리는 알 수 없지. 하지만 아는 사람이 한 명 있잖아."

⚖️

노형진은 안 보살을 찾아갔다.

그가 안으로 들어갔을 때 안 보살은 노트를 스윽 내밀었다.

"저번에는 안 주시더니요? 제가 방법을 찾았을 거라고 점을 치신 건가요?"

"아니, 방법이 없으면 안 왔을 놈이니까. 그런 건 점을 칠 필요도 없지."

그는 흡족한 표정으로 말했다.

"만일 이것만 받고 제가 도망가면요?"

"결국 이건 내 핸드폰에서 나온 번호야. 내가 전화하면 누구를 믿을까?"

"끄응."

틀린 말은 아니다.

결국 자신은 어쩔 수 없이 안 보살의 부탁을 들어줘야 한다.

"그 신이라는 분이 저를 얼마나 부려 먹을지 참 앞이 캄캄하네요."

"한 생명의 값어치가 그렇게 싸지는 않지."

길게 말하지는 않았지만 노형진은 왠지 앞으로도 인생이 편하지는 않을 것 같았다.

"그래서 방법이 뭔데?"

"부흥회입니다. 아니, 이 경우는 초대형 굿이라고 해야겠네요."

"굿?"

"네. 전국의 모든 사람들이 알 수 있을 정도의 초대형 굿입니다."

월드컵 경기장을 빌려서 어마어마한 굿판을 벌이겠다는 노형진의 계획에 안 보살은 탄성을 질렀다.

"그 정도면 안 믿던 놈도 믿겠다."

"그게 중요하죠."

기독교니 불교니 천주교니 하면서 종교별로 신도 수를 공개하지만, 만일 이러한 무속 신앙을 하나의 종교로 보고 신도 수를 조사한다면 얼마나 많은 사람들이 믿는다고 나올까?

그건 알 수 없다. 지금까지 수치화된 적도 없으니까.

"하지만 전국적으로 한다고 하면 엄청나게 많은 사람들이 몰려들 겁니다."

"그리고 그게 우리의 세력이 된다 이거군."

"네. 그리고 종교에서는 신도 수가 곧 정통성이지요."

물론 무속 신앙은 일반적인 종교가 될 수 없다.

교리가 있는 것도 아니고 통일된 뭔가가 있는 것도 아니니까.

그러나 최소한 한 개 집단의 존재를 어필하기에는 그것만한 게 없다.

"가짜를 제가 구분할 수는 없죠. 제게 신이 있는 것도 아니고 제가 무당인 것도 아니고. 하지만 추천해 주시는 무당 분들에게는 압도적인 이득을 줄 수 있지요."

아마도 그러한 행사에 참여했다는 것 자체가 엄청난 메리트가 될 것이다.

"재미있는 놈이로고."

안 보살은 미소 지었다.

방법을 찾을 거라고 생각은 했지만 이런 재미있는 방법이리라고는 생각도 못 했다.

"그러면 내가 연락을 한번 해 봐야겠군."

그는 자신의 핸드폰을 들었다.

"그리고 그때 너희들도 소개해 주도록 하지. 전화해서 내가 소개해 줬다고 하는 것보다는 그게 나을 테니까."

노형진은 씩 미소를 지었다.

수신제가 치국평천하

　노형진은 사실 이러한 행사를 하게 된다면 자신이 돈을 내려고 했다.

　물론 여기에 들어가는 돈은 결코 적지 않을 것이다.

　하지만 그렇다고 해서 노형진에게 부담될 정도는 아니었다.

　보통은 사건에 자신의 돈을 투입하는 걸 꺼리는 노형진이지만 이런 일은 사건이라고 볼 수도 없고, 그 전화번호 목록 하나만 가지고도 충분히 그 투자가치를 뽑아낼 수 있기 때문에 거리낌이 없었다.

　그런데 그런 노형진의 예상을 가뿐하게 넘어서는 일이 벌어졌다.

　"얼마요?"

"한 100억쯤 모였다는데."

"100억요?"

"그래."

"허?"

사람들에게서 들어온 기부금이 100억이 넘는다는 말에 노형진뿐만 아니라 다른 사람들도 탄성을 질렀다.

"계획이 발표된 지 일주일 정도밖에 지나지 않았잖나?"

대한민국을 위한 굿, 가칭 대한민국 국운을 위한 대굿 마당을 한다는 소식을 각 무당들에게 전한 지 이제 일주일이 지났을 뿐이다.

그런데 무려 100억이라는 돈이 모여들었다는 것이다.

"자기들 재산을 내놓은 겁니까?"

"우리가 돈이 어디 있어?"

'하긴.'

전에도 말했다시피 무당은 돈을 추구하면 안 된다. 그러니 대부분의 무당들이 돈이 그렇게 많을 리 없다.

그렇다면 돈이 나올 곳은 하나뿐이다.

"사람들이군요."

"그런가 보지."

코웃음 치면서 말하는 안 보살.

"유 회장도 그거 한다고 했더니 3억을 보내더만."

"3억을요?"

"그래."

"허."

생각보다 큰 반응에 김성식은 자신의 생각을 고쳐먹었다.

"자네 말이 맞군. 이쪽은 우리 예상을 뛰어넘는 어마어마한 시장이야."

굿 하나 한다고 억 단위로 내놓는 사람들이 거래하는 무당들이다.

그들이 소송한다면 아마 그 소송 가액은 수억에서 수십억은 가뿐하게 넘을 것이다.

'그런 사람들을 끌어올 수 있다면.'

법무 법인 하늘이 성장하지 못하면 그게 이상한 거다.

"몇몇 정치인들도 돈을 보냈어. 물론 익명이지만."

"익명?"

손채림은 고개를 갸웃했다.

이런 건 나쁜 것도 아니고 국가를 위해서 하는 건데 익명이라니?

"종교적 문제는 예민하거든."

"응?"

"만일 어떤 국회의원이 나는 무당 같은 무속 신앙을 믿는다고 하면 그의 지역구에서 얼마나 반응이 크게 나올 것 같아?"

"아아…… 무슨 말인지 알겠네."

몇몇 종교인들은 종교를 넘어서 광기에 휩싸여 있다.

실제로 불교 단체에서 빈민 구제 차원에서 불교 병원을 세우려고 했는데, 몇몇 광신도들이 사탄의 앞잡이라고 하면서 방해해서 결국 병원 설립이 무산된 사건도 있었다.

"정상적인 사람들이야 이해하지. 어찌 되었건 국가 좋으라고 하는 거고, 자기 돈 내놓는다는데 뭐가 문제겠어? 하지만 광신도들은 자신과 신념이 다르면 다 이단이야."

"그 말이 맞네. 믿는 종교 지도자가 자신과 다르면 그것도 이단이라고 주장하는 놈들도 있으니까."

관련 사건을 겪은 적이 있는 건지 송정한도 질렸다는 표정으로 절레절레 고개를 흔들며 말했다.

"그러면 100억이면…… 충분하나?"

"충분하고도 남지요. 남은 걸로 전국적으로 홍보하는 게 좋겠네요."

"전국적으로?"

"네. 우리의 목적은 사실 굿 자체보다는 정통성 확립에 있지 않습니까?"

"그건 그렇지."

한국무속인연합회.

노형진이 이번에 만든 곳이다.

물론 그는 무속인이 아니니 거기에 속하지 않았지만.

"연합회에서 정식으로 민간 라이선스를 발급하기 시작하면 아마 가짜 무당들은 난리가 날 겁니다."

진짜 무속인들이 그런 가짜를 못 알아볼 리 없다.

모르는 사람들이야 굿하고 부적 주고 그러니까 못 알아보겠지만, 진짜 무속인들은 자기들끼리 알아본다고 하니까.

"하지만 라이선스 발급 조건이 너무 쉬운 거 아냐?"

손채림은 고개를 갸웃했다.

너무 쉬운 발급 조건을 달아 두면 사람들이 그걸 믿지 않기 때문이다.

"이런 건 어려워 봐야 의미가 없어. 중요한 건 발급이 아니라 그걸 관리하는 거지."

"마치 미국이나 유럽의 대학처럼?"

"그래."

미국이나 유럽의 대학은 한국의 대학과 시스템이 다르다.

한국의 대학은 들어가기 어렵고 나오기 쉬운 구조인 반면 미국이나 유럽의 대학은 어지간한 명문대가 아니라면 들어가는 쉬워도 졸업이 어려운 구조다.

속칭 명문으로 불리는 몇몇 대학은 입학자의 절반 정도밖에 졸업하지 못할 정도로 빡빡하다.

"이런 라이선스를 어렵게 해 봐야 결국 기술적인 항목이 들어갈 수밖에 없어."

굿을 어떻게 하나, 아니면 작두를 어떻게 타나 하는 부분으로 시험을 본다는 건데, 그러면 사실상 민간 신분증이랑 다를 바가 없다.

"맞네. 어떤 무당들은 굿은 안 하거든. 나도 나이가 있으니 어지간하면 안 하는 편이고."

안 보살은 느긋하게 말을 꺼냈다.

"거기에다 각 지역별로 방식이 다 달라. 서울과 경기도가 다르고, 충남 쪽도 다르고, 강원도도 다르고."

"에? 다르다고요?"

"그래."

그건 금시초문이었기 때문에 다들 당황한 얼굴이 되었다.

하지만 미리 조사해서 알고 있던 노형진은 고개를 끄덕거렸다.

"서울 경기 쪽은 굿을 할 때 신내림을 받아서 직접적으로 움직이는 반면 부산 쪽은 신내림을 받아도 직접적으로 움직이는 것보다 말로 더 많이 풀어 내는 편이라고 하더라고."

"헐."

"사실 이건 전통문화의 일부야. 모든 지역이 다 같으면 그게 더 이상한 거잖아? 강강술래나 아리랑도 지역마다 다른데."

"하긴, 그러네."

만일 그런 식으로 시험을 보게 된다면 특정 지역의 사람들이 피해를 보게 되는 경우가 많을 것이다.

"거기에다 이들은 공통적으로 신을 모시는 무속인들이야. 소위 말하는 영안이라는 게 있지."

"그래서 발급 조건이 그렇게 터무니없이 낮은 거군."

송정한도 그 부분이 이상했는데 이야기를 들어 보니 알겠다는 듯 탄성을 내질렀다.

"그렇지요. 어차피 기술적인 부분은 지역별로 다르고 학원에서 다 가르쳐 주니까요."

라이선스의 발급 조건은 무척이나 쉽다.

한 달에 한 번 정해진 날짜에 모여서 라이선스를 발급받고자 하는 사람이 심사위원 서른 명 중에서 열 명을 뽑는다.

그리고 그 후에 심사위원들이 발급 대상자와 30분 정도의 면담을 가지는 것이다.

"만일 무속 신앙에서 말하는 대로 신이 있다면 서로가 알겠지."

"음."

"이건 부정이 끼어들 수도 없어."

안 보살이 소개시켜 준 무당의 숫자는 적지 않다.

그들에게서 다른 무당을 소개받아 진짜 무당으로 채운다면 숫자는 훨씬 더 많아질 것이다.

그들 중 시험 날짜에 출석하는 심사위원이 누군지는 당사자도 알 수가 없다.

행사 이틀 전에 랜덤하게 이쪽에서 서른 명을 선발하니까.

그 후에 현장에 와서 심사받는 당사자가 열 명을 뽑아야 한다.

"그리고 그중 과반수의 동의를 얻어야 하지."

그런 상황이니 신이 없는 가짜 무당이 그들의 시험을 통과할 수는 없을 것이다.

"그 정도로 될까?"

"될 겁니다."

그 정도만 되어도 상관없다.

하지만 노형진의 생각은 좀 달랐다.

'안되어도 그만이고.'

자신은 시스템을 만들어 달라고 부탁, 아니 의뢰받은 거지 진짜를 찾아내 달라고 의뢰받은 게 아니다.

그러니 최선을 다해 시스템을 만들어 주면 그만인 것이다.

만약 그 이후에 그곳에서 어떻게 비리가 생겨나 가짜를 뽑기 시작한다면?

'돈은 돈대로 날리는 거지.'

돈은 돈대로 날리고 공신력은 공신력대로 떨어질 게 뻔한 일이다.

그러나 그건 지금의 자신과는 관련이 없다.

어차피 그때쯤이면 자신은 연락처를 받은 후일 테고 원하는 시스템도 갖춰진 이후일 테니까.

"고얀지고."

갑자기 노형진을 바라보면서 꾸짖듯 중얼거리는 안 보살.

노형진은 괜스레 헛기침을 했다.

"그래, 그건 네놈 생각이 맞으니 뭐, 넘어가야지. 인간 세상이 다 그런 것 아니겠느냐?"

"인간 세상?"

"그런 게 있느니라."

안 보살은 그저 웃고 말았다.

사실 그도 누군가가 자신들을 100% 믿는 건 원하지 않는다.

자신들은 인생의 지도자가 아니라 조언자다.

조언을 따라 준다면 고맙지만, 자신들의 말대로 움직이는 노예는 부담스럽다.

애초에 그런 존재를 만들려고 한다는 것 자체가 영의 세계의 법도에 어긋나는 일이다.

"그러면 이제 행사를 시작하면 되는 건가?"

"그렇지."

행사에 참석하고자 하는 사람들이 이미 많았던 데다 지금도 행사에 대해 홍보하고 있어 실시간으로 참가 인원이 늘어나는 중이다.

그렇다 보니 규모가 어마어마해서 행사에 필요한 음식의 양도 상당했다.

"남은 건 전국에 있는 보육원이나 노인 복지시설 같은 데에 기증하게 될 거야."

물론 일반 음식이 아니라 과일같이 바로 먹지 않아도 되는 것을 기준으로 하겠지만.

굿을 할 때 음식을 푸짐하게 하는 것은 조상과 영에 대한 대접의 의미도 있지만, 한편으로는 찾아온 사람들을 먹여서 공덕을 쌓는다는 의미도 있다.

영들의 세계에서는 생전에 쌓은 공덕을 기준으로 사람의 가치를 판단하니까.

그래서 이러한 굿을 할 때는 거지가 찾아와도 한 상 거하게 차려 주는 것이 우리 한국 무속의 문화였다.

"이렇게 되면 누가 이쪽의 정통성에 대해 태클을 걸겠어?"

한국에서 알아주는 무당들이 나서서 굿을 할 것이다.

"더군다나 굿을 하나만 하는 게 아니잖아."

아무리 상을 크게 차린다고 한들 주경기장을 채울 수는 없다.

"그러니까 구역별로 굿을 따로 하는 거지."

각 구역을 나눠서 따로 굿을 한다.

한쪽에서는 조상신에 대한 굿을, 한쪽에서는 신장에 대한 굿을, 한쪽에서는 염라대왕에 대한 굿을 하고, 또 한쪽에서는 재수굿을, 또 다른 한쪽에서는 진혼제 등으로 나눠서 찾아오는 사람들과 함께 진행하는 것이다.

"물론 그로 인한 비용도 싼 편이고."

굿 자체는 엄청나게 비싸다.

하지만 이번 행사를 위해서 이미 엄청난 지원을 받았기 때문에 사실 딱히 돈을 받지 않아도 그런 굿을 하는 데에는 지장이 없다.

"그러면 차라리 돈을 받지 않는 게 정상 아니야?"

노형진은 그런 사람들에게 신청받아서 굿을 해 주기로 했다.

약식이라곤 하지만 상대적으로 어마어마한 규모이다 보니 신청자는 엄청났다. 그리고 그 굿의 가격도 20만 원으로 싼 편이었고.

"그건 아니라네."

안 보살은 고개를 흔들었다.

"굿이라는 것은 결국 정성을 조상과 신장에게 보이는 행동이야. 남이 하는 일에 가서 수저만 올린다고 굿이 되는 건 아니지. 자신이 보일 수 있는 최소한의 예를 지키는 것이 영의 세계에서의 중요한 규칙이야. 아무리 내가 효도한다고 해도 돈으로 할 수 있는 것과 아닌 것이 따로 있지 않나?"

"그건 그렇지요."

아들이 함께 목욕탕을 가는 것은 아버지에게 기쁜 일이다.

하지만 아들이 보낸 다른 사람과 함께 가는 것은 아버지에게 씁쓸한 일이다.

"결국 결과는 같다 하더라도 당사자의 입장에서는 이야기가 달라질 수밖에 없네. 그래서 점을 볼 때도 복채는 절대로 남이 내주는 게 아니야."

당사자가 돈이 없다면 최소한 무당집에 들어가기 전에 다른 사람에게서 돈을 받아 직접 내도록 하는 것이 법도다.

"하물며 단순한 점도 그런데 굿을 하는 사람이 남의 돈으로 와서 구경만 하다가 수저만 올린다면 조상이 화가 나지 않겠는가?"

"복잡하네요."

"복잡한 게 아니야. 그냥 집안 어르신에게 하는 것과 비슷한 거야."

"음……."

"하여간 그렇게 기증받은 돈이면 충분히 추가적으로 다른 행사를 할 수 있지."

안 보살은 고개를 끄덕거렸다.

"이번 행사가 끝나면 아마 가짜들은 제법 많이 나가떨어질 거야."

노형진은 그렇게 생각했다.

공신력이 있는 곳이 생기면 그곳으로 사람이 몰리는 것은 당연한 일이니까.

하지만 그 행사는 생각지도 못한 일로 인해 방해받게 되었다.

⚖️

"뭐라고요?"

"아무래도 대관을 취소해 주셔야 할 것 같습니다."

"지금 장난합니까?"

노형진의 이마에 슬며시 혈관 마크가 올라왔다.

그럴 수밖에 없는 게, 갑자기 담당자가 와서는 대관을 취소하라면서 압력을 행사하기 시작했기 때문이다.

"아니, 왜요?"

"이런 사회적 문제를 야기할 수 있는 혹세무민한 행사에 대해서는 허가가⋯⋯."

"혹세무민?"

노형진은 기가 찼다.

진짜 혹세무민하는 놈들한테는 예산으로 지원해 주면서 정작 우리 돈으로 우리 행사 하겠다는데 취소하라니?

"취소하려는 진짜 이유가 뭡니까?"

이런 행사를 할 때 들어가는 돈은 수천만 원 단위가 아니다.

주경기장을 하루 빌리는 데에도 수억씩 들어가고, 그에 맞는 준비를 하는 데에도 상당한 돈이 들어간다.

그런데 이제 와서 갑자기 행사를 취소하라니?

"아무래도 이러한 행사는 부담이 되고⋯⋯."

"부담? 무슨 부담? 무슨 말 같지도 않은 소리예요. 우리가 청소까지 다 한다고 했잖아요!"

그런 식이면 지금까지 그곳을 빌려서 한 모든 행사는 불허되야 한다.

"하여간 상부에서는 불허 결정이 났으니까 그렇게 아십시오."

그는 단도직입적으로 통지하고는 바깥으로 나갔다.

노형진은 입을 쩍 벌렸다.

"저런 미친 새끼!"

아무리 생각해도 이건 말도 안 된다.

수억짜리 계약을 자기 마음대로 파기한다?

노형진이 막 그를 쫓아 바깥으로 나가는데 손채림이 다가왔다.

"어디 가?"

"아니, 지금 방금 주경기장 대관을 취소한다고 통지하고 갔어."

"알아."

"안다고?"

"바깥에서 다른 직원을 만났어."

노형진은 멈칫했다. 그리고 눈을 찌푸렸다.

손채림이 그런 이야기를 한다는 것은 자신에게 할 말이 있다는 뜻이기 때문이다.

"일단 안으로 들어가자."

다시 사무실로 들어온 손채림은 한숨을 쉬었다.

"어떻게 된 거야?"

"다른 직원이 바깥에 있더라고. 그래서 그 사람이랑 이야기해 봤어."

"그런데?"

"민원이 들어왔대."

"민원? 무슨 민원?"

그 주변은 그렇게 민원이 들어올 만한 공간이 아니다.

애초에 주변에 주택가가 있는 것도 아니고 말이다.

물론 다른 것과 겹친 거라면 문제가 되겠지만, 비슷한 시기에 다른 행사가 있는지 자신이 이미 몇 번이나 확인해 본 후다.

즉, 문제가 될 건 전혀 없었다.

그러나 그 민원의 주체는 생각지도 못한 사람들이었다.

"종교 단체."

"종교 단체?"

"그래, '하늘 역사하심'이라는 단체에서 민원을 넣었대."

"뭐? 잠깐만? 설마……."

노형진은 그곳이 어딘지 안다.

특정 종교의 광신도 단체다, 그것도 아주 규모가 있는.

그리고…….

"미친놈들……."

그들은 다른 종교 단체가 복지 차원에서 빈민 병원을 건립하려고 했을 때 몸에 쇠사슬을 묶고 연좌 농성을 하면서 공사를 방해해 결국 병원 설립을 방해한 광신도들이었다.

그 이유는 단 하나, 이단 병원이기 때문이다.

자선이라는 것은 자신들이 믿는 신의 이름으로만 해야 하니, 나머지는 모두 악마의 농간이고 악마의 감언이설이라면서 말이다.

"그놈들이 왜 튀어나와?"

"튀어나오지 않는 게 더 이상한 거 아닌가?"

"끄응, 염병할."

노형진은 나지막하게 욕설을 내뱉었다.

그러고 보니 튀어나오지 않는 게 더 이상한 일이기는 하다.

다른 종교 단체에도 그 깽판을 치다 보니 같은 종교 내에서조차도 이단 취급받는 그놈들이 무속 신앙을 인정할 리 없으니까.

"아, 미치겠네."

노형진은 머리를 부여잡았다.

종교적 문제는 예민하다 못해서 거의 건드려서는 안 되는 부분 취급을 받는다.

아무리 상대방이 이단으로 취급받는다고 해도 그건 어디까지나 '취급'받는 것뿐이지, 이단으로 확정된 건 아니기 때문이다.

"거기에다가 그 책임 관리자가 그쪽 계열이래."

"염병할……."

노형진은 진짜 욕을 내뱉지 않을 수가 없었다.

"그래서 종교에 빠진 놈들은 답이 없다니까."

이건 공적인 영역이지 사적인 영역이 아니다.

그런데 종교에 광적으로 빠지는 놈들은 그 선을 지키지를 못한다.

'군대에 있을 때도 그런 놈이 있었지.'

노형진이 군에서 검찰관으로 있을 때 어떤 부대의 지휘관이 미쳐서 날뛴 적이 있다.

그는 지휘관으로 부임하자마자 자신이 믿지 않는 종교 시설을 모조리 폐쇄하고 창고로 바꾸었다.

그뿐만 아니라 부대 내에 자신이 믿는 종교를 제외한 어떠한 종교 시설물도 두지 못하게 했다.

심지어 병사들이 가지고 있던 염주까지 모조리 빼앗아 소각 처리하고, 매주 부대장병들을 동원하여 종교 행사에 강제로 참석시켰다.

결국 그 사실이 감찰부에 알려지면서 그의 군 생활은 파멸로 끝났지만, 그는 끝까지 자신은 신에게 충성을 바친 것뿐이라며 헛소리를 했다.

'미친놈이었지. 도대체 왜 군인이 신에게 충성을 바치냐고.'

군인이 충성을 바쳐야 하는 대상은 나라와 국민이다.

그런데 그는 나라와 국민을 버리고 신에게 충성을 바쳤던 것이다.

"아무래도 그쪽에서 민원 넣은 것을 핑계 삼아서 막으려고 하는 모양이야."

"이유도 없이?"

"그래."

"이런 미친놈들을 봤나."

노형진은 한숨만 나왔다.

이대로 물러나자니 피해가 너무 막심하다.

"어쩌지? 다른 곳으로 갈까?"

"아니, 안 될걸."

노형진은 고개를 흔들었다.

"이미 소문이 났을 거야. 이미 돈 주고 빌린 곳도 허가를 취소하는 판국인데 구설수에 오를 걸 뻔하게 알면서 허가해 줄 곳이 있을까?"

"끄응……."

손채림은 생각지도 못한 상황에 눈을 찌푸렸다.

"그러면 어떻게 해?"

"그러게……."

이단으로 찍혔다고 하지만 어찌 되었건 그들은 종교 단체다. 그것도 세력이 완성된 단체.

그에 비해 이쪽은 세력이 완성되긴커녕 무속 신앙일 뿐인, 제대로 된 종교 단체라고 보기에는 많이 부족한 곳이다.

"더군다나 이런 경우 아무래도 공무원들은 종교 집단의 눈치를 많이 볼 수밖에 없거든."

"흠…… 이단이라면 원래 종교 집단이 있을 거 아냐? 그 사람들한테 도움을 요청해 볼까?"

노형진은 피식 웃었다.

물론 그래도 될 것처럼 보인다.

하지만 인간의 심성은 그렇게 착하지 않다.

때로는 적의 적은 아군이라는 말이 안 통한다. '적의 적은 적'이라는 말도 있다는 것을 생각해야 한다.

"무리일걸."

"응?"

"아무리 이단 취급한다 해도 같은 종교 세력권 안이야. 그러면 그쪽에서 누구 편을 들겠어?"

"아……."

"이단 취급이라고 했지, 이단 결정이 난 건 아니야. 그러면 어찌 되었건 자신들과 비슷한 곳이라고."

"아…… 그러면 우리가 도움을 요청해도 도와주지는 않겠네?"

"그렇겠지."

종교 단체가 이걸 놔두는 이유는 그저 한국에 종교의자유가 있고 노형진이 하고자 하는 행사가 법적으로 문제가 되지 않아서다.

당연히 그들이 이 무속인 행사를 열렬하게 환영할 리는 없다.

"그 상황에서 자기네 계열과 우리가 싸움이 나면 당연히……."

"저쪽 편을 들어 주겠구나."

"정답이야."

설사 그놈이 그놈이라고 해도, 결국 저들의 최선은 신경도 안 쓰고 방치하는 것이지 이쪽을 도와주는 것이 아니다.

"결국 어쩔 수 없이 저쪽에 끌려가야 할걸."

"와…… 이거 완전히 골 때리네."

"원래 종교 문제가 좀 여러모로 곤란하지."

한국에서 종교 문제를 건드리면 좋은 꼴을 보지 못하는 경우가 흔하다.

그래서 공무원들은 최대한 종교 문제와는 거리를 두려고 한다.

"생각해 봐, 저쪽은 이미 자신에게 엿을 먹일 만큼 세력이 완성되어 있어. 그런데 이쪽은 아니야. 그러면 어떻게 하겠어?"

"이쪽을 도와줄 생각이 없겠네."

"그렇지."

더군다나 이쪽은 신청해서 허가받아야 하는 입장이다.

하지만 저쪽은 허가니 뭐니 하는 부분과 상관없이 난리 법석을 피우면서 충분히 공무원들을 엿 먹일 수 있다.

그러면 공무원들은 구설수에 오르느니 차라리 허가를 해주지 않는 쪽으로 갈 것이다.

"그러면 어떻게 하지? 이제 와서 그 정도 규모가 되는 공간을 구하는 건 무리잖아."

"그건 그렇지."

당장 참가자들이 전국에서 온다고 한다.

생각보다 무속 신앙을 믿는 사람들은 많았던 것이다.

"그러면 우리도 숫자로 압력을 행사해 봐?"

"그러면 안 돼."

"왜? 어째서?"

"똑같은 놈이 되면 곤란하거든."

"응? 넌 그런 거 신경 쓰지 않잖아?"

"그건 그런데, 이번에는 신경 좀 써야 해."

노형진이 보기에 안 보살이 이러한 부탁, 아니 조건을 단 것은 모 정치인 뒤에 있는 가짜 무당 때문일 가능성이 높다.

'그 인간 때문에 나라가 뒤집어지지.'

그 사건으로 사회적으로 무속인에 대한 편견이 심해지는 부분도 있었기 때문이다.

그러니 그가 진짜 무속인이 아니라는 명확한 뭔가를 이야기하기 위해서 가짜를 걸러 내 달라고 부탁한 것일 것이다.

'그런데 우리가 압력을 행사하면…….'

사실 이쪽에서 압력을 행사하면 저쪽보다 압력이 작을 수는 없다.

당장 무속을 믿는 부자들이 내놓은 돈만도 100억이 넘었다.

그리고 선거철이 되면 수많은 정치인들이 무속인을 찾아가는 것이 현실이다.

'하지만…….'

문제는 그랬다가 까딱 잘못하면 다음에 일이 터졌을 때 이쪽이 한꺼번에 독박을 뒤집어쓸 수 있다는 것이다.

당장 로비와 압력으로 행사를 억지로 개최한다 해도 문제가 될 수밖에 없는 것이 사실이고.

그러니 절대 이쪽은 그런 문제를 남겨서는 안 된다.

우리는 깨끗하며, 가짜가 아니라는 것을 증명해야 한다.

'아놔, 미치겠네.'

사실 노형진은 똑같은 놈이 되는 걸 무서워하는 타입이 아니다.

저쪽이 개새끼인데 이쪽이 성인군자로 싸워서 이기려고 하면 질 수밖에 없기 때문이다.

그래서 저쪽에서 개같이 굴면 이쪽은 더 개같이 구는 걸 선호한다.

'하지만……'

추후에 있을 사건을 생각하면 지금 그러는 것이 결코 좋은 선택이 아니다.

"어떻게 해서든 다른 방식으로 해결해야 할 것 같은데."

"그러니까 어떻게?"

문제는, 종교라는 것은 건들리기에 최악의 대상이라는 것.

"전에 만구파처럼 하는 건 어때?"

"시간이 너무 오래 걸려. 그리고 어찌 되었건 만구파와는 좀 다르다고."

만구파의 경우는 아예 근본도 없는 자기들만의 종교였다. 그래서 교주였던 만구를 신으로 모셨다.

그러니 그들이 몰락할 때 누구도 도와주지 않았다.

"하지만 말이야, 이쪽은 아니거든. 이단이라고 찍혀 있기는 하지만 거대 종교의 신을 믿고 있어."

그들이 이단이 된 것은 극단적 행위와 교리의 해석 차이 때문이지, 만구파처럼 범죄자 집단이어서가 아니다.

"그러니 만일 우리가 그들을 섣불리 공격하면 그들은 신에 대한 공격이라고 주장할 거라고."

"그러면 팔이 안으로 굽겠구나."

"그게 문제야."

아예 이단으로 공인되어 버렸다면 모를까 이단 취급만 받는다는 것은, 아직은 거대한 그들의 집단 내에 속해 있다는 뜻이다.

아 다르고 어 다른 게 사람의 마음이다.

자신들에게 속한 그들이 평소에 마음에 들지 않았다 해도, 외부에서 그들을 공격하는 것은 누구도 좋게 보지 않을 것이다.

"와…… 이거 어쩌지?"

"일단 급한 건 공간을 빌리는 건데."

저들이 허가를 취소한 이상 다른 곳도 빌려주지는 않을 것이다.

거기에다 그 정도 숫자를 감당할 수 있는 공간은 그다지 많지 않고.

"그건 어렵지 않아."

"응? 그건 어렵지 않다고?"

"그래."

"어째서?"

"이런 민원으로 인한 취하는 기본적으로 규정이 없거든."

대부분 이런 민원, 특히 종교적 민원이 들어오면 구설수에 휘말리기 싫은 공무원은 그걸 취소한다.

물론 그게 사회적으로 지탄받는 행동이라면 당연히 취소 사유가 된다.

"문제는 말이야, 이게 사회적으로 지탄받는 행위냐는 거야."

"응?"

"결국 사회적으로 지탄받는다는 것은 개개인의 의견이지. 그리고 우리가 싸우는 건 법이고."

노형진은 그렇게 말하면서 컴퓨터를 켰다.

"오늘 화려하게 글 하나 뽑아내야겠네."

⚖

올림픽 경기장을 관리하는 소장은 손이 부들부들 떨렸다.

"이게 무슨 일이야?"

"그게…… 손해배상 청구인데요."

"손해배상?"

"네."

"아니, 왜 이걸 나한테 요구하는 겁니까!"

손해배상을 요구한 것은 노형진이었다.

노형진은 그들의 취소 행위에 대해 행정심판을 신청함과

동시에 대여를 무단으로 취소해 버린 소장에게 손해배상을 청구한 것이다.

"그게…… 지난번에 말씀하신 행사를 마음대로 취소했으니 그에 대한 손해배상을 하라고…….."

"무슨 개소리야! 그러면 민원이 들어온 행사를 그냥 진행시키라는 거야, 뭐야!"

협상하기 위해서 앞으로 나온 소장은 갑자기 손해배상 청구 소송을 받자 말이 좋게 나올 수가 없었다.

"각오하고 하신 거 아니에요?"

안 그래도 무속 행사라고 해서 영 찝찝했다.

그런데 마침 자신이 속한 교단에서 이단의 행사라고 마구 뭐라고 하자 그는 그걸 취소시켜 버렸다.

사회적으로 지탄받을 수 있는 행사는 취소할 수 있다는 내부 규정을 이유로 말이다.

그런데 그게 이렇게 문제가 될 줄은 몰랐다.

"그러면 어쩌라고! 민원이 들어왔는데! 민원이 들어온 걸 그냥 둬? 거기에다 사회적으로 지탄받는 행위에 대해서? 당연히 취소해야지!"

노형진은 피식 웃었다.

'지금까지야 그렇게 했겠지.'

지금까지 그는 그런 식으로 처리해 왔을 것이다.

생각해 보면 자신들이 처음으로 이곳을 빌리려고 한 것은 아닐 것이다.

　그런데 무속에 관해서는 어째서인지 행사장이 거의 없다.

　'아마도 이런 식이겠지.'

　특정 종교 단체에서 압력을 행사하니까 어쩔 수 없이 행사가 취소되었겠지.

　'하지만 내가 그렇게 만만하게 당할 줄 아나?'

　말로는 민원 핑계를 대지만 아마 그 민원도 자기네들끼리 돌려 가면서 넣은 것일 가능성이 높다.

　민원인의 신분을 공개하는 것은 불법이니까.

　'실제로 써먹었던 방법이고.'

　실제로 정권에서는 상대방에게 엿을 먹일 때 일단 자기네 편에게 민원을 넣게 하고 그걸 기준으로 조사와 징계를 하는 경우가 많았다.

　그런 방법은 어디까지나 흔하니까.

　'문제는 이게 법적인 게 아니라는 것.'

　지금까지는 민원 때문에 취소되면 아마도 다른 단체들은 그냥 취소하고 다급하게 다른 방법을 찾았을 것이다.

　대부분은 그냥 다른 장소를 섭외하는 방식으로 말이다.

　'하지만……'

　엄밀하게 말하면 이건 위법이다.

　그것도 다른 법도 아니고, 최상위 헌법을 위반하는.

　"민원이야 매일 들어오는 거고, 사실 민원을 이유로 취소하는 것은 불법입니다."

"뭐, 불법?"

"네."

사람들은 정부 부처에 관한 민원이 무슨 마법의 주문인 줄 안다.

공무원들은 민원이 들어오면 인사고과에 마이너스를 받는다. 그래서 그 불이익을 피하기 위해 민원인의 부탁을 대부분 들어준다.

하지만 사실 이러한 법률적인 취소는 법률에 의거해서 해야 한다.

내부 규정이 있기는 하지만…….

"내부 규정은 폼이야? 어!"

소장도 취소는 내부 규정에 따라서 한 것이다.

사회적으로 지탄받을 수 있는 행사에 대해서는 직권으로 취소할 수 있다는 내부 규정 말이다.

하지만 그가 착각하는 것이 있었다.

"내부 규정은 내부 규정일 뿐이지요."

"뭐?"

"내부 규정에 따르는 건 맞습니다. 하지만 내부 규정이 헌법보다 위에 있는 건 아니지 않습니까?"

"그건…….."

소장은 말문이 턱 막혔다.

소장에 적혀 있는 내용을 봤기 때문이다.

'종교의자유 침해, 그리고 평등권 위반.'

아무리 내부 규정과 법이 있다고 해도 우리나라 최고의 법은 헌법이다. 헌법에 있는 사항은 절대로 무시할 수 없다.

"하지만 그건 사이비라고!"

"근거 있습니까?"

"뭐?"

"우리 행사가 사이비라는 근거 말입니다. 사이비라고 한다는 것 자체가 헌법상의 종교의자유를 침해하는 거라는 거, 아시죠?"

"그건…… 만구파 사건도 있고…….

"만구파야 국가에 의해서 반국가 테러 단체로 등록되어 있으니까요. 하지만 종교 단체도 아닌 무속인 행사인데 그게 왜 사이비인가요?"

"그게…… 교리가…….

"그러니까 믿고 계신 종교의 교리에 따라서 판단한 거 맞네요? 공무원이 개인의 종교에 따라서 불이익을 주신 거, 맞는 거네요?"

처음에는 거칠게 항의하던 소장도 노형진이 논리적으로 공격하자 꿀 먹은 벙어리가 되어 갔다.

"내부 규정에 따르면…….

"그러니까 내부 규정 어디에 민간 무속 행사가 사회적으로 지탄받는 행사라고 되어 있던가요?"

"……."

없다. 그런 말은 없다.

물론 종교화되지 않고 표면적으로도 거의 나타나지 않은 행사이기는 하다.

아무리 좋게 말해도 무속 신앙은 사회의 주류가 되기는 힘들다.

하지만 그렇다고 해서 사회의 지탄을 받을 정도는 아니다.

"그러니까 그게 사회적으로 용인되지 않는 행사라는 이유를 말해 보세요."

"……."

소장은 아무런 말도 하지 못하고 입을 꾸욱 다물었다.

'그래, 말 못 하겠지.'

사회적으로 용인되지 않는 게 아니다. 자기가 용인하기 싫었던 것이다.

그것도 본인이 믿는 특정 교단의 교리에 따라서 말이다.

"하실 말씀이 있나요?"

"이건 민원 때문에……."

소장은 땀을 뻘뻘 흘리면서 말했다.

지금 상황에서 그가 할 수 있는 변명은 민원 때문이라는 말뿐이기 때문이다.

"아까도 말했지만 민원 때문에 법을 집행하지 못한다는 게 말이나 됩니까? 그러면 도둑놈도 일단 민원 넣으면 처벌하면 안 되겠네요? 탈세범이 민원 넣으면 세무조사 하면 안 되고?"

"……."

"민원이라는 것은 삶을 살아가면서 불편하다고 생각하는 걸 해결하는 방법의 하나입니다. 자기 요구를 관철하는 방법이 아니구요. 그런데 그 민원이 법보다 더 위에 있다고요? 만일에 우리가 이번에 취소된 것에 대해 다른 곳에 민원을 넣으면, 그건 어떻게 해야 하나요?"

"크윽……."

소장은 신음 소리를 냈다. 노형진의 말이 너무나 맞기 때문이다.

귀찮고, 자신의 교단에서 불편하게 생각하는 행사를 하지 못하게 막으려고 한 것도 사실이었다.

"더군다나 특이한 사실이 있더군요."

노형진은 출력된 프린트를 꺼내며 말했다.

"이게 뭔지 아십니까?"

"그게 뭔데요?"

"이건 지난 몇 년간, 정확하게는 소장님이 재임한 기간 동안에 운동장에서 있었던 행사들의 목록입니다. 아까 뭐라고 하셨지요? 사회의 혐오적인 부분에 대해서는 허가를 내주지 않는다고 하셨잖습니까?"

"그건 그런데……."

"그런데 보니까 다른 종교 시설에는 잘만 내주시네요? 불교도 그렇고 천주교도 그렇고 기독교도 그렇고, 심지어 이슬람교에도 행사를 내줬네요? 그런데 왜 무속 신앙은 안 되는 겁니까?"

"무속은 종교도 아니고……."

"네, 종교도 아니죠. 그러면 뭐죠?"

"사이비죠."

"무속이 사이비라는 규정은 뭘 근거로 하는 겁니까?"

"그건…… 교……."

교리라고 하려던 소장은 입을 다물었다.

말하면 할수록 자신이 불리해지는 것을 느꼈기 때문이다.

"조정관님, 이 상황을 어떻게 생각하세요? 보다시피 소장은 특정 교리를 기준으로 세상을 판단하고 무단으로 계약을 위반했습니다. 그러니 그에 대한 손해배상을 해야 하는 거 아닌가요?"

소장은 얼굴이 핼쑥해졌다.

당장 노형진이 요구한 금액은 무려 20억이다.

100억짜리 행사였으니 그 준비에 들어간 돈인 20억을 배상하라는 것이었다.

"확실히 판단 미스이기는 한데……."

조정관은 곤혹스러운 표정이었다.

그가 보기에도 이번 취소는 소장의 독단적인 실수였다.

종교적으로는 몰라도 법률적으로는 이미 빌리고 대금까지 납부했는데 행사를 취소할 이유가 없기 때문이다.

민원 운운하지만 노형진의 말대로 민원은 법적으로 아무런 효력이 없다.

"아무래도 공무원의 중립 의무를 위반한 것 같죠?"

노형진은 실실 웃으며 말했다.

그리고 그 말을 들으면서 소장은 등골이 오싹했다.

"어디 보자, 종교의자유 위반에 공무원 중립 의무 위반에 평등권 위반에……."

노형진이 하나씩 지적해 줄 때마다 소장은 죽고 싶었다.

이 목록대로라면 자신은 파멸하기 때문이다.

그 정도 일을 저지르고 자신이 멀쩡할 수는 없다.

'젠장, 변호사까지 끼고 들어올 줄이야.'

보통 취소한다고 하면 다급하게 다른 곳에 가서 자리를 구하려고 하지 그건 신경도 안 쓰고 자신을 죽으려고 덤비지는 않는다.

그래서 변호사가 끼어든 경우는 처음인데, 변호사가 끼어들자 자신이 할 수 있는 게 없었다.

"아, 맞다."

노형진은 갑자기 손바닥을 딱 쳤다.

"손해배상 대상에는 정부도 포함되는 거 아시죠?"

"네? 정부요?"

그건 예상하지 못한 말이었기 때문에 소장은 화들짝 놀랐다.

정부라니? 그게 무슨 상황이란 말인가?

"정부가 왜 끼어듭니까?"

"끼어든 게 아니라 포함된 겁니다. 관리 책임을 물어야지요. 그리고……."

노형진은 소장을 보면서 씨익 미소 지었다.

"정부에서는 구상권을 청구할 것 같은데요?"

"허억!"

안 그래도 이쪽에서 청구한 배상금만으로도 자신은 망하게 된다.

설사 100% 인정되지 않는다 해도 자신은 이미 공무원 자리에서 쫓겨날 수밖에 없다.

그러면 당연히 퇴직금도 빼앗길 것이다. 그리고 지금 살고 있는 집과 재산과…….

"과연 당신이 믿는 그 교단에서 그 모든 걸 책임져 줄까요?"

"……."

그럴 리 없다.

교단이라는 것은 종교 단체이기도 하지만 동시에 이권 단체의 성격도 가지고 있다.

자신들의 신념을 강요하기는 하지만 그로 인해 피해를 입은 사람들에게 보상해 주지는 않는다.

'자, 어쩔 거냐?'

노형진이 소장을 이렇게 몰아붙이는 것은 선택을 강요하기 위해서다.

자신의 종교적 신념을 지키고 그냥 망할 것이냐, 아니면 자신의 종교적 신념을 꺾고 자리를 지킬 것이냐?

'최소한 돈을 지킬 수는 있지.'

이미 문제가 되어 고발이 진행된 이상 그의 해직은 확정적이다.

'하지만 행사하기로 한 시기에 아직 다른 행사가 없다.'

즉, 다시 행사를 진행하게 할 수 있다면 그 피해는 최소화할 수 있을 것이다.

'운이 좋다면 피할 수도 있겠지.'

물론 그 대신에 한직으로 쫓겨날 수밖에 없을 테지만.

"크윽⋯⋯."

소장은 얼굴을 찌푸렸다.

종교냐, 생활이냐.

하지만 노형진은 그가 생활을 선택할 거라 생각하고 있었다.

그렇게 교리에 충실한 인간이고 교리를 위해 노력하는 사람이라면 소장의 자리까지 승진하는 것이 사실상 불가능하기 때문이다.

"저기⋯⋯ 행사를 다시 하는 건 어떻게 생각하십니까? 아직 그 날짜가 비어 있는데."

소장은 살기 위해 조심스럽게 이야기를 꺼냈다.

노형진은 속으로 미소를 지었다.

"내가 왜요?"

"네?"

"이미 다른 사람이 다른 장소를 구하고 있습니다. 벌써 구했을 수도 있지요. 뭐, 아직 못 구했어도 시간이 있으니 결국 구할 수 있겠지요. 거기서 하면 그만이고, 이도 저도 안 되면 넓은 개인 땅 빌려서 해도 돼요. 모르시나 본데, 관광지 같은 데를 통째로 빌려서 하면 여기보다 싸고 크게 할 수 있어요."

"네? 그게 무슨 말씀이신지?"

"내가 당신을 충분히 엿 먹이고 행사는 잘 치를 자신이 있는데 왜 굳이 거기 가서 행사를 해야 합니까?"

"그……."

"그렇잖아요?"

노형진이 어떻게 해서든 너 하나 죽이겠다는 식으로 나오자 소장의 얼굴은 시퍼렇게 변할 수밖에 없었다.

"도대체 어떻게 한 거야?"

취소된 것을 복구해 오자 다들 깜짝 놀랐다.

지금까지 그게 성공한 사람이 없었기 때문이다.

아니, 복구만 한 정도가 아니었다. 도리어 온갖 편의를 다
봐 주는 조건으로 재임대해 왔다.

"뭐, 양심에 호소한 거지."

어깨를 으쓱하는 노형진의 말에 손채림은 믿을 수 없다는
얼굴이 되었지만 더 이상 묻지 않았다. 그저 노형진에게 영
혼까지 털렸을 누군가를 불쌍하게 여길 뿐.

"물론 양심에 호소했겠지. 그 과정에서 누군가 인생에 대
해서 진지한 고찰을 했을 테고."

노형진은 그저 히죽 웃을 뿐이었다.

"그러면 이제 다 해결된 건가?"

안 보살은 가장 큰 문제였던 장소 문제가 해결되자 다 끝난 거라 생각하는 모양이었다.

하지만 노형진은 고개를 흔들었다.

"가장 큰 문제가 남아 있습니다."

"가장 큰 문제?"

"'하늘 역사하심' 그 자체요."

"설마 그 종교 단체를 없애려고 하는 건가? 아무리 배척받는 집단이라고 하지만 무리일 텐데?"

무속인 집단을 위해서 기존 종교 단체에서 자기네 소속 교단을 배척할 가능성은 없다.

"만구파처럼 싸워 보려고?"

"그렇게 장기적으로 오래가는 문제는 아니야. 내가 걱정하는 건 그 역사하심이라는 곳에서 소위 말하는 실력 행사로 나온다는 거야."

"실력 행사?"

"그래. 그게 왜 실력 행사라고 불리는 건지는 모르겠지만."

"그게 뭔데?"

"깽판 치는 거."

"아…….."

"그놈들, 전적이 있잖아."

"전적 정도가 아니지."

그들의 소위 말하는 실력 행사는 폭행까지 동반한다.

절에 가서 지신밟기를 해서 절을 죽인다고 하지 않나, 절 한복판에서 성경을 틀어 놓지를 않나, 이단이라고 성당의 마리아상을 부수기도 하고, 심지어 종교는 같지만 교단이 다르다며 이단이라고 다른 시설에 가서 신도들을 빼 오려고 하고, 그걸 막으려고 하면 폭행도 불사하며 덤볐다.

"요 근래 특정 역사물들이 부서지는 것도 그놈들 행동이라는 이야기도 있더라."

"그래?"

"그래. 특히 종교적 역사물이 부서지잖아."

보호받지 못하는 사적지나 유적지의 탑이나 불교 관련 물품들이 계속 파손되는 사건이 있었는데 경찰에서는 그들을 의심하고 있었다.

"그런데 증거가 없대."

"없겠지."

체계적으로 할 정도면 이미 주변의 카메라는 부수고 들어갈 게 뻔하고 서로가 서로에게 알리바이가 되어 주면 경찰도 방법이 없다.

"그놈들은 그걸 실력 행사라고 하더라."

"미친. 그게 무슨 실력이야? 폭력이지."

"그러니까."

실력은 스스로 노력해서 얻은 자신만의 능력을 뜻한다.

하지만 그들이 하는 것은 그저 폭행과 재물 파손이다.

"설마 그렇게까지 할까?"

"안 보살님이 안 겪어 봐서 그럽니다. 그 애들, 때로는 답이 없어요."

행사를 열면 분명 쫓아와서 깽판을 칠 것이다.

법적으로 막으려다가 실패했으니 말이다.

"그러면 어쩌지?"

"일단은 가볍게 경고를 하지요."

"경고?"

"네."

"어떻게, 찾아가려고? 그런데 찾아간다고 이해해 줄까? 그럴 놈들이면 애초에 이런 짓을 안 할 텐데?"

노형진이 피식 웃었다.

"왜 찾아가?"

"응? 안 찾아가? 그러면 전화로 경고하려고?"

"아니. 찾아갈 필요도 없어. 알아서 찾아올 텐데, 뭘."

노형진은 어깨를 으쓱하면서 말했다.

⚖️

늦은 밤, 컴컴한 공간에서 몇몇 사람들이 조용히 움직이고 있었다.

"이곳이야?"

"그래, 이곳이야. 이곳에서 행사 준비를 한다고 했어."

경기도에 있는 커다란 공터.

그곳에서 무속 행사를 준비한다는 이야기가 나왔다.

"아무래도 그런 행사를 하려면 대형 조형물이 필요하니까."

그걸 만들 수 있는 공간은 한정되어 있다.

도심지에서 만들기에는 덩치도 크고, 조형물을 도색하거나 하는 작업이 힘들기 때문이다.

"여기에 딱히 보안 시설이 있는 건 아니지?"

"이미 확인했다니까."

도심지도 아닌 다른 이런 공터에 보안장치가 있을 리 없다. 오는 길에 CCTV도 거의 없었고 말이다.

"여기야."

그들이 도착한 곳은 커다란 창고였다.

전에는 뭘 쌓아 뒀는지 모르겠지만 지금은 비어 있는 곳이었다.

"이 안에서 만든다고 하더라고."

"보안장치는?"

"카메라가 입구에 있기는 한데……."

그는 히죽 웃으면서 커다란 절단기를 들었다.

"이미 배선이 어디인지 알아 뒀지."

그는 배선이 있는 곳으로 접근해서 카메라 선을 가차 없이 끊었다.

이제 카메라는 먹통이다.

"이거 문이 잠겼는데?"

카메라가 멈춘 걸 확인한 그들은 입구로 갔다가 당혹스러운 얼굴로 말했다.

입구는 무식할 정도로 큰 자물쇠로 잠겨 있었다. 아무리 밀어도 문은 꼼짝하지 않았다.

"통째로 불을 질러?"

"그럴 필요 없어. 내가 고작 카메라 배선이나 자르자고 이렇게 큰 절단기를 가지고 온 거라고 생각해?"

"아하!"

남자는 다른 사람들을 헤치고 앞으로 나가서 절단기로 자물쇠를 잘랐다.

자물쇠는 제대로 저항도 하지 못하고 '철커덩' 소리와 함께 힘없이 끊겨 날아갔다.

"들어가자."

드르륵 하고 문을 옆으로 밀자 커다란 입구가 드러났다.

한 발짝 들어서니 제작 중인 듯한 조형물이 넓은 창고 안을 가득 메우고 있었다.

"아직 준비가 덜 된 모양인데?"

"그렇지?"

색을 입힌 것도, 모양이 제대로 잡혀 있는 것도 아니다.

하지만 확실한 건 이게 행사에 쓰일 물건이라는 것이다.

"차 가지고 들어와."

"오케이."

잠시 후 차가 후진해서 들어오자 남자들은 트렁크를 열고 그 안에서 망치와 곡괭이 등을 꺼내 들었다.

"모조리 부숴 버려!"

아무도 없는 공간.

거친 목소리가 울려 퍼졌고, 그들은 조형물들을 가차 없이 부수기 시작했다.

콰직!

뿌드득!

콰드득!

조형물이라고 해 봐야 결국 모양만 잡고 색을 입힌 수준이다. 그러니 그렇게 강한 물건이 아니다.

강한 물건은 도리어 가공이 힘들어서 한 번 쓰고 마는 데에는 쓸 수가 없다. 단가가 비싸지니까.

"오, 예!"

"스트레스가 팍팍 풀리는구먼."

"망할 이단 놈들, 죽어라!"

"사탄의 물건이야!"

신나게 물건을 부수는 사람들.

그렇게 조형물이 거의 다 부서졌을 즈음이었다.

"오케이, 거기까지."

"응?"

"뭐야? 아직도 부술 거 많은데?"

누군가 말리자 사람들은 당연히 자기네들 중 한 명인 줄 알고 고개를 들었다.

그러나 그들은 그대로 우뚝 멈춰야 했다. 유일한 입구에 사람들이 가득 서 있었던 것이다.

"허억!"

"어, 어떻게……?"

분명히 이곳에는 사람이 없다고 그랬다.

그런데 이들은 도대체 어디서 나타났단 말인가? 경비원도 없었는데 어떻게 알고?

"보셨죠? 현행범 맞지요?"

노형진은 옆에 있던 남자에게 말했다.

남자는 고개를 끄덕거렸다.

"불법 침입에 재물 손괴의 현행범이네요."

그러면서 자신의 뒷주머니에서 수갑을 꺼내 들었다.

"내려와서 조용히 차실래요, 아니면 총격전 한번 할까요?"

"초…… 총격전?"

경찰 신분증과 총을 꺼내서 흔드는 남자를 보며 부수러 온 사람들은 질끔했다.

아무리 그들이 용기 있게 왔다고 해도 총격전은 생각도 하지 못하고 있었던 상황이기 때문이다.

"어쩔 수 없지요. 손에 저렇게 위험한 물건을 들고 있는데."

다른 경찰이 그들의 손에 들려 있는 물건을 가리키자 그들은 자신도 모르게 신음 소리를 냈다.

"아······."

망치와 곡괭이.

충분히 사람을 죽일 수 있는 물건이니 이런 경우에 자신들이 그걸 휘두르면서 저항한다면 총을 쏠 수밖에 없다.

한 방만 머리를 맞으면 그대로 죽는데 다가가서 싸울 수는 없기 때문이다.

"와우! 엄청나게 부셨네요?"

"씨발······."

경찰들 뒤에서 웃고 있는 노형진을 보면서 그들은 자신들이 함정에 빠졌다는 사실을 알아차렸다.

상대방은 자신들이 올 줄 알고 모든 준비를 다 해 둔 상태였던 것이다.

"아, 도망갈 생각은 마세요. 입구는 이것뿐이니까."

이 창고에 다른 출입구는 없다.

물론 쪽문이 하나 있기는 하다.

하지만 그것도 잠겨 있는 데다 경찰과 경호 팀이 지키고 있는 상황이다.

"큭."

차량 자체도 바깥에 있으니 이들은 차량을 타고 튈 수도 없다.

이들이 탈출하는 방법은 단 하나, 자신들의 네 배가 넘는 숫자의 경찰들과 경호원들을 제압하고 차를 타고 가는 것뿐이다.

"아, 차는 이미 견인 중입니다."

"큭."

노형진은 혹시나 그들이 도망칠 가능성조차도 남기지 않았다.

"그리고 이 안에 카메라가 많거든요? 얼굴이랑 범죄 사실이 모두 찍혀 있습니다. 그러니 도망쳐 봐야 어디 못 가세요."

"뭐…… 뭐라고?"

그제야 그들은 '아차.' 하는 생각에 고개를 들었다.

그와 동시에 노형진은 안쪽에 붙어 있던 등에 불을 켰다.

"크윽……."

잠시 후 밝은 빛에 적응한 그들은 구석구석에 있는 보안용 CCTV들을 보면서 신음 소리를 낼 수밖에 없었다.

족히 열 대가 넘는 카메라들이 자신들을 추적하고 있었던 것.

"정확하게는 열여섯 대입니다. 당신들이 부순 건 별개의 업체의 물건이고요. 아마 신고가 들어가도 그들이 천천히 올 거라 생각했겠지요."

시골이고, 도심지에서도 멀다. 그러니 보안 업체가 온다고 해도 시간이 좀 걸릴 거라 생각한 그들이었다.

그런데 이미 관련자들은 모든 준비를 다 마친 후였던 것이다.

"여러분 중에 그 민원을 넣은 분들도 계실 텐데? 안 그런 가요?"

"크윽……."

"이 개자식!"

이러면 자신들이 법적으로 불리해진다.

아니, 불리한 정도가 아니다. 이건 현행범으로 빼도 박도 못한다.

"자, 그러면 결정하시죠."

노형진은 선심 쓰듯 결정하라고 말했지만 사실 결정은 이미 나 있었다.

저항해 봐야 도망갈 수 있는 상황도 아니고, 설혹 도망간다 해도 이미 카메라까지 있으니 잡히는 건 시간문제다.

교단에서도 저들을 감춰 줄 수는 없다.

'그래, 그래 봤자다.'

어차피 자신들이 부순 것은 제대로 완성도 되지 않은 물건들이다.

처벌도 그다지 강하지 않을 것이라 생각한 범인들은 한두 명씩 장비를 내려 두고 천천히 아래로 내려왔다.

"오케이. 그렇게 한 명씩."

내려오는 대로 수갑을 채우는 경찰들.

그중 한 명이 노형진에게 다가왔다.

"그나저나 피해가 크겠는데요?"

"크지요. 이 정도면 10억 이상 피해가 발생했겠는데요."

"헐."

"뭐, 잠깐! 10억이라니!"

수갑을 찬 채로 경찰차로 끌려가던 범인 중 한 명이 억울하다는 듯 소리를 질렀다.

하지만 경찰이 그를 위해 기다려 주지는 않았다.

"어허, 머리 조심. 궁금하면 나중에 변호사 불러, 변호사. 넌 일단 감방에나 가자고."

"아니! 10억이라니……! 그런 터무니없는!"

그러나 채 말이 끝나기도 전에 그는 경찰차 안으로 강제로 구겨 넣어졌고, 그 이후로는 그가 떠들든 말든 어떤 말도 들리지 않았다.

"그러면 이 피해를 어떻게 복구하시게요?"

"그러게 말입니다. 이거 참, 답이 없네요."

노형진은 걱정스럽다는 듯 말했다.

하지만 경찰들이 가고 난 후, 그 걱정스러운 표정은 마치 마법처럼 사라졌다.

"10억? 거참…… 100만 원도 안 썼으면서!"

"그건 너와 나만의 비밀로 남겨 두자고, 후후후."

사실 여기에 있는 대부분의 물품은 폐자재들이다.

즉, 좀 그럴듯하게 보일 뿐 공사 현장에서 가지고 온 폐자재와 나무와 스티로폼 같은 것들이라는 것이다.

완성되지 않고 어수선한 건 부서진 것이나 마찬가지니까.

그러한 대부분의 폐자재들 사이에 적당히 스티로폼을 쌓아 두고 적당히 조각하던 것처럼 꾸며 놓으면 미완성된 조각품으로 보이는 것이다.

"피해액이 커지면 당연히 처벌도 커지지. 처벌이 커지면 손해배상액도 커지고 말이야."

"저 녀석들, 행사를 방해하러 왔다고 생각했겠지만 실제로는 기부금 내고 가는 꼴이네."

"알면 속이 뒤집어지겠지?"

노형진은 방금 전 억울하다고 울부짖으면서 끌려가던 사람들을 생각하고는 미소 지었다.

"그러면 이제 해결된 거야?"

"일단 저들이 내 경고를 알아들었다면 말이지."

방해하려고 들면 확실하게 응징하겠다는 경고를 방금 보낸 셈이다.

그걸 알아들었다면 이제 모든 게 끝난 것이다. 자신들은 행사만 하면 된다.

하지만…….

"그럴 것 같지가 않단 말이지."

노형진은 머리를 벅벅 긁으며 말했다.

⚖

─하늘님이 역사하신다……. 역사하신다…….

아침부터 울려 퍼지는 찬송가.

워낙 시끄럽다 보니 사람들이 신경을 안 쓸 수가 없었다.

"역시나 그걸 알아들을 리 없다니까."

그들은 노형진이 경고했음에도 불구하고 포기를 하지 않
은 모양이었다.

그들은 임시로 빌린 건물 앞에 와서 꽹과리를 치고 북 치
고 장구 치고 스피커로 노래를 틀어 대면서 본격적으로 방해
작업을 시작했다.

"이것, 참…… 자네가 사무실을 이곳으로 옮기라고 한 이
유가 있었군."

"이렇게 될 줄은 저도 몰랐어요. 결론적으로는 신의 한 수
였네요."

이런 행사를 하기 위해서는 고정된 곳에 사무실을 둬야 한다.

그래서 원래는 안 보살이 자신의 집으로 할까 했지만, 아
무래도 그렇게 되면 사람이 많이 다니고 또 시끄러워지기 때
문에 노형진은 다른 곳을 빌리는 것을 추천해 줬다.

그리고 그 덕분에 저들이 안 보살의 사무실에 피해를 주는 것을 막을 수 있었다.

'물론 이 사무실에 피해를 주는 것은 어쩔 수 없지만.'

자신들 말고 다른 업체도 있는 곳이라 그들에게는 미안하지만 어쩔 수가 없었다.

"그나저나 참 당당하군."

매일같이 경찰을 부르고 경찰은 고성방가로 계속 벌금을 처벌하고 있지만 그들은 눈도 깜짝하지 않았다.

"때로는 광신이란 무서운 거죠."

물론 그 처벌이라는 것이 상상 이상으로 무서워서 저들이 움츠러들 수밖에 없는 규모라면 모르겠지만 벌금 몇만 원 정도는 신경도 쓰지 않는다.

지이이잉!

저들이 시끄러워서 진동으로 바꿔 둔 핸드폰이 울리자 노형진은 그걸 힐끔 확인하고는 집어 들었다.

"뭐래?"

-이쪽도 난리야, 난리.

"난리라고?"

-그래.

손채림의 목소리에서는 짜증이 잔뜩 묻어났다.

-공원 입구 쪽에 아주 대형 스피커 차량까지 가져다 놨다니까.

"방해하려고 작심한 거지."

－지금도 계속 틀어 놓고 취소하라고 하고 있어.

저 너머에서도 쿵쾅거리는 소리가 들리는 걸 보니 쉽게 물러날 생각은 없는 듯 보였다.

'그렇게 나오시겠다?'

노형진은 머리를 절레절레 흔들었다.

"이게 정상인가?"

"정상이지요, 저들의 입장에서는."

"저들의 입장에서는?"

"매번 이런 식으로 이겨 왔으니까요."

자신들의 마음에 들지 않으면 일단 이단이라고 낙인찍고 그 후에 이렇게 피를 말리는 것이다.

"쯧쯧, 종교에서 제일 중요한 것이 자비라는 것을 모르는구먼."

"원래 그렇습니다. 종교가 자비를 말할 때는 기득권이 아닐 때뿐이지요."

하지만 기득권층이 되는 순간 그들은 더 이상 자비를 이야기하지 않는다.

대신에 자신에게 자비를 구하는 사람들을 짓밟는다.

"그러면 어쩔 생각인가? 저건 신고해 봐야 아무래도 처벌도 제대로 받지 않는데."

"그렇지요."

노형진은 고개를 끄덕거렸다.

"뭐, 해결은 어렵지 않습니다."

"어렵지 않다고?"

"네. 저들에게 우리보다 더 큰 폭탄을 안겨 주면 됩니다."

"더 큰 행사를 한다 이건가?"

"그건 아닙니다."

"그러면?"

"광신도들이 많은 종교 단체의 특징이 뭔지 아십니까?"

"응?"

"내부가 아주 혼란스럽다는 겁니다. 기본적으로 인간은 욕망을 빼고 이야기할 수가 없거든요."

안 보살은 욕망과 이번 사건과 무슨 관계가 있는지 이해하지 못했다.

"그런 게 있습니다, 후후후."

대부분의 극단적 종교 단체에서 동일한 문제가 발생하곤 한다.

그리고 그건 노형진에게는 아주 도움이 되는 일이었다.

찰칵찰칵.

망원렌즈의 성능을 충분히 만끽하면서 손채림은 혀를 내

둘렀다.

"저 자세가 어떻게 가능하지?"

"응? 어떤 자세인데? 나도 좀 보자."

궁금한 마음에 카메라에 손을 대려던 노형진은 손채림이 찰싹 소리가 나게 때리는 바람에 손등을 입으로 '호' 하고 불었다.

"때찌! 이런 건 혼자 보는 거야."

"거참, 별걸 다 가지고 유세야."

노형진은 쭈뼛거리면서 눈을 크게 뜨고 멀리 있는 아파트를 보려고 했지만 맨눈으로 보일 리 없다.

"그나저나 저 인간도 대단하다. 지난 일주일간 여자가 네 번이나 바뀌네."

충분한 사진과 더불어 동영상까지 촬영한 손채림은 카메라를 잘 챙겼다.

"어떻게 안 거야?"

"뭘?"

"저런 짓을 하는 거 말이야."

노형진이 교단의 최고 목사인 도하만이 여자 신도들을 건드리고 있을 테니 조사하자고 했을 때, 다들 어리둥절했다.

완전히 엉뚱한 방식이기 때문이다.

그러나 조사에 들어가자 건드리는 여자가 한두 명이 아니었다. 그것도 신도의 아내와 딸, 심지어 동료 목사의 아내까지 건드리고 있었다.

"교단의 특성을 보면 알아."

"응?"

"맹목적이고 억압적이며 저돌적이지. 다른 사람의 의견을 듣지 않고 오로지 목사에게만 충성하지."

"그런데?"

"사실 기업이든 교단이든, 결국 인간이 운영하는 건 마찬가지거든."

권력이 한쪽으로 집중될수록 인간은 엉뚱한 생각을 하기 마련이다.

물론 모든 사람이 다 그런 건 아니다.

하지만 돈이라는 게 걸려서 돈이 벌리지 않으면 자정하려고 하는 기업과 다르게 교단이라는 것은 그러지 못하고, 광신도가 많아질수록 수익은 높아진다.

"그리고 광신이 심해지면 성적인 부분 역시 바치라고 하는 경우가 많아."

"구역질 나네."

"현실인 걸 어떡해."

설사 멀쩡한 사람이라고 해도 권력을 가지게 되면 상황이 돌변하는데, 좀 이상한 사람이 권력을 가지게 되면 타락은 거의 확정적이다.

"그런데 도하만이 저러는 걸 찍어서 어쩌려고? 이걸 가지고 협박하려고? 확실히 그러면 우리를 방해하지는 않겠네."

노형진은 고개를 흔들었다.

"그러면 좋겠지만 그건 여러모로 위험하단 말이지."

"위험?"

"일단 협박이라는 범죄에 걸릴 가능성도 있고. 저쪽은 광신도야. 우리가 저쪽을 건드리면 우리가 공격 대상이 될 가능성이 높아."

"설마."

"설마가 아니야. 일반적인 사람들 기준으로 광신도를 판단하면 안 돼."

내부적으로 문제가 되는 것을 외부에서 지적하면 그들은 그걸 공격으로 받아들인다.

특히나 그들에게 신격화되어 있는 목사 같은 경우는 더욱 극단적인 성향을 띠게 된다.

"과거에 있었던 방송국 습격 사건을 생각해 봐."

"방송국 습격 사건? 그런 게 있었어?"

"응? 넌 모르나?"

방송국에서 모 종교 단체의 비리를 조사해서 방송으로 내보내려고 한 적이 있었다.

그런데 그 종교 단체에서는 수정 요청을 하는 대신 신도를 동원해서 방송국을 습격했다.

미국 같으면 당장 테러로 규정되어서 사살되고 난리도 아니었을 것이다.

"음…… 그러면 어쩌지?"

이쪽에서 까발려서 사회적으로 매장하는 것은 결국 저쪽이 정상적인 반응을 할 때의 이야기다.

하지만 노형진의 말대로 정상적인 반응을 하는 곳이 아니라면 이게 무슨 의미가 있단 말인가?

"다른 사람을 이용해야지."

"다른 사람?"

"그래."

"누구?"

"전에 말했잖아, 종교든 뭐든 기본적으로 인간의 욕망이 들어간 집단은 문제가 있을 수밖에 없다고."

"그래서 도하만을 따라다니면서 조사한 거잖아. 하지만 이건 못 쓴다며?"

"우리는 못 쓰지. 하지만 말이야."

노형진은 손가락을 까딱거리며 말했다.

"욕망이라는 건 한 사람만 가진 게 아니거든."

⚖️

"이게 사실입니까?"

아무래도 덩치가 좀 있는 교단에는 목사가 여러 명 있기 마련이다.

혼자서 모든 관리를 다 할 수는 없으니까.

바로 이 점이 노형진이 노리는 부분이었다.

"그뿐만이 아니지요."

노형진은 도하만을 조사하면서 얻은 자료를 그에게 건넸다.

"그는 이미 종교인으로서 가치가 없습니다. 그는 사탄에게 영혼을 팔아먹은 자예요."

"이런 개새끼 같으니라고."

이를 박박 가는 부목사를 보면소 노형진은 피식 웃었다.

'그건 너도 마찬가지인데?'

이런 종교 단체의 특징은 바로 목사들 간의 대립이다.

한쪽이 신도들을 자기편으로 끌어들이려고 광신을 요구하면 다른 목사도 자신의 세력을 지키기 위해서 광신을 요구하기 시작한다.

그리고 결과적으로 각 목사들은 자신의 파벌을 만들어서 대립하게 된다.

다만 지금까지는 도하만이 주도적으로 권력을 잡고 있었을 뿐이다.

"이런 작자는 쫓아내야 합니다!"

부목사는 발끈했고, 노형진은 그런 그의 말에 동조하면서 옆에 있던 가방을 내밀었다.

"신성한 싸움에 도움이 되실까 해서 기부금을 준비했습니다."

"기부금?"

"네, 이러한 신성한 전당이 저런 발정 난 놈에게 더럽혀지면 안 되지 않겠습니까?"

그걸 받아 든 부목사의 얼굴은 환해졌다.

"고맙습니다. 하늘이 당신에게 감사할 겁니다."

"별말씀을요."

자신의 손을 잡고 인사하는 그에게 노형진은 미소를 보내며 속으로 중얼거렸다.

'고맙기는 내가 고맙지, 후후후.'

⚖

"이놈들아!"

"사탄은 물러가라!"

얼마 후 그들의 교회에 갔을 때, 교회는 아주 개판이 되어 있었다.

신도들끼리 패싸움이 나고, 경찰이 출동했으며, 목사들도 패를 나눠서 싸우고 있었던 것.

"역시나."

"멋진데?"

손채림은 노형진의 예상대로 되자 탄성을 질렀다.

"당연하다면 당연한 거지."

권력을 가지지 못한 세력은 이번 기회에 증거를 잡아서 도하만 일파를 쫓아내려 하고 있었고, 도하만 일파 역시 그걸 반격하기 위해 그들의 비리를 캐내서 마구 뿌려 대고 있었다.

　"원래 안에서 싸움이 나면 바깥에는 신경 쓰지 못하게 되지."

　"하긴, 이제 얼마 후면 행사인데 신경도 안 쓰고 있더라."

　"자기 목이 날아가게 생겼는데 신경 쓰겠어?"

　신도들끼리 싸우고 목사들끼리 싸우고, 완전히 개판이 된 교단은 외부에서 벌어지는 남의 집 잔치에 신경을 쓸 여건이 되지 않았다.

　"우리는 이제 행사를 하면 그만이고 말이야."

　이제 문제 될 것은 없다.

　"그런데 저들이 그걸 알고 멈추고 우리를 공격하는 거 아니야?"

　"그럴 리 없지. 지금 저들이 화합할 수 있는 상태라고 생각해?"

　"하긴."

　애초에 노형진이 증거를 넘겨준 것은 한쪽이 아니다.

　도하만의 반대파 쪽 비리도 캐내어 다른 사람을 통해서 은근슬쩍 도하만 쪽에 넘겨줬다.

　"도하만도 그걸 까발리면서 싸움을 시작했으니 저들은 이제 같이 못 움직여."

　여기서 지면 수천억대의 교단 재산을 잃고 쫓겨나야 한다.

그러니 그들은 사생결단으로 싸울 수밖에 없다.

"그런데 외부에 적이 있다고 하면 서로 뭉치거나 하지 않아?"

"그건 그렇지. 하지만 그건 일반적인 경우야."

외부의 적이 이쪽을 공격할 생각이 없다면 인간은 내부 권력투쟁을 선택한다.

"그리고 저들도 알지."

무속 신앙이 이들을 공격할 생각도, 이유도 없다는 걸.

"그러니 저들은 절대로 이 상황에서 못 벗어나."

결국 그들은 자신들의 욕심을 이기지 못하고 자멸하게 될 것이다.

하지만 노형진은 그런 건 신경 쓰지 않는다. 어차피 자신들과 상관없는 일이니까.

"이런 경우를 뭐라고 하는지 알아?"

"뭐라고 하는데?"

"굿이나 보고 떡이나 먹자."

"그거 참…… 이번 상황에 딱 맞는 말이네."

노형진의 말에 손채림은 피식 웃을 수밖에 없었다.

다음 권으로 이어집니다

200평 초대형 24시 만화방

- 수면실
(침대식)
- 사우나석
- 다인석
- 샤워실
- 세탁기
- 신간100%

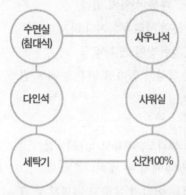

📖 수원 인계동점

● 나혜석거리　　　● 농협

● CGV　　● 수원시청역⑧

무비 사거리

소주한잔 건물
24시 만화방 3F

● 홍콩반점　　● 홈플러스

TEL : 031-226-3771
수원시 팔달구 인계동 1041-11 3층 24시 만화방

📖 의정부점

의정부역④
⑤　　　　　홍선지하도

◀서울방향

● 진성약국　　● 던킨도넛츠

24시 만화방
3F

TEL : 031-856-3971
경기도 의정부시 의정부동 197-13 3층

📖 주안점

주안
남부역

◀제물포　　민병철
어학원　　간석동▶

25시 만화방 6F

TEL : 032-426-2871
인천광역시 주안남부역 지하상가 4번 출구 GS25시 건물 6층

📖 안양점

● 안양역　　　육교

◀관악역　　　　　　명학역▶

● 농협
24시 만화방
2F
안양일번가

TEL : 031-466-3771
경기도 안양시 안양동 674-163 조이당구장건물 2층